蝴蝶書

西夏旅館劇場顯影

【光之卷】

魏瑛娟 著

你的閱讀方式決定了你的命運

你的你的閱讀方式決定了你的命運

小說家的話

遠方的鼓聲

／駱以軍

喔吼!!

這是魏瑛娟的創造啦

但我還是超期待　害羞　緊張

覺得有一個願力那麼大　造夢意志那麼強的另一人

將你自己當初也是耗竭力量在二次元之境寫下的　西夏

在某個結界　築城　騎兵衝擊　布展沙漠恐怖瑰麗之景　巫祭天穹星辰如夢

真的像遠方的鼓聲

咚轟咚轟就愈來愈接近

我的心臟會在一無所知的　鬃毛豎起的偷偷等待中

（不知會看到怎樣的一個全景？）

跟著轟咚轟咚　唇乾舌燥　跳動著

——摘自二〇一四年三月五日臉書塗鴉牆

編導的話

光影孿生

／魏瑛娟

二〇〇九年初讀《西夏旅館》，驚奇又刺激，隨作者入旅館冒險，穿梭今古時空，有時為駱式文字風格魅惑，忍不住叫好；有時深陷故事迷宮，疑惑滿腹不知所終。那些作者未寫竟的「空白」、「斷裂」、「此路不通」甚至「悖反」、「矛盾」成了幽靈，來到我內在的旅館，並召喚出與之對話的渴望……纏絆多年，《西夏旅館》成了張口奇幻異獸，吐出命運焰火，引人縱身躍入，且無反顧。

「蝴蝶書」靈感來自《西夏旅館》小說終章〈圖尼克造字〉。驚豔駱以軍的造字創意，逕自取名蝴蝶書，一種模仿蝴蝶飛行姿態的新文字。一有莊生蝴蝶之意，二來台灣是蝴蝶王國，三呼應劇本的陽、陰結構。西夏旅館與蝴蝶書是雙生，故事從造字展開，前者是光，後者翩然成影。

《西夏旅館．蝴蝶書》劇本數次改寫，歷經八個月。編寫劇本是一個人的閉靜工作，腦內的文字冒險自給自足。劇場導演工作卻是盡情開放與人合謀，劇本只是往來的依據之一。因著製作條件、排練互動、詮釋延伸等等因素，演出的版本不盡然全部符合劇本所描述。

以一個導演的身份，享受著更動劇本的詮釋樂趣。以一個編劇的身份，則捍衛原始版本的出版。編與導的交鋒，也是光影孿生。

最後，要謝謝偶像西夏王（總在信裡這麼稱他）駱以軍及他的慷慨仁慈與信任；當然，還有王的天才之作《西夏旅館》！

佈滿筆記翻到脫頁的《西夏旅館》

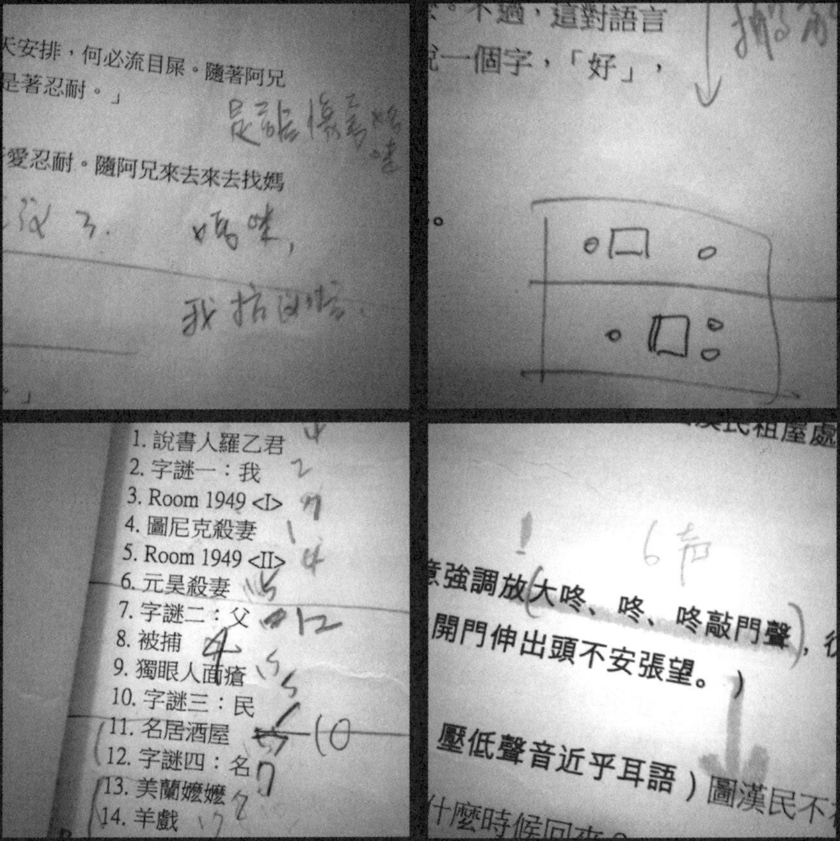

《西夏旅館·蝴蝶書》劇本筆記

蝴蝶書【光之卷】目次

蝴蝶書　西夏旅館劇場顯影

作者／攝影　魏瑛娟
特約編輯　Daedalus D.
美術設計　黃子欽
封面肖像攝影　陳又維

董 事 長　陳國慈
發 行 人　李惠美
總 編 輯　黎家齊
主　　編　莊珮瑤
責任企劃　李慧貞
讀者服務　郭瓊霞

出　　版　國家表演藝術中心
地　　址　100 台北市中正區中山南路 21-1 號
電　　話　02-33939874
傳　　真　02-33939879
網　　址　http://npac-ntch.org
E-Mail　parmag@mail.npac-ntch.org
劃撥帳號　19854013 國家表演藝術中心國家兩廳院
印　　製　三陽文化股份有限公司
出版日期　中華民國一〇三年八月
I S B N　978-986-04-1837-8
統一編號　1010301374
定　　價　NT$380

本書於全國各大書店、兩廳院禮品店（音樂廳地面層）均有販售
如有缺頁、破損、裝幀錯誤，請寄回本社更換

蝴蝶書　西夏旅館劇場顯影　魏瑛娟著
臺北市：國家表演藝術中心，民 103.08
356 面；17×23 公分
ISBN　978-986-04-1837-8（平裝）

854.6　　103014182

陽本（西夏旅館）

陰本（蝴蝶書）

旅館

書

西夏・蝴蝶

分上下半場，
陽、陰二本。

陽本

場次

角色

主要角色分為兩群：

一、主角圖尼克及其家族，含祖父圖建國、新祖母胡靜、父親圖漢民、母親刺桐、妻子碧海等。

二、西夏旅館工作人員及住客，含總經理范仲淹、活動總監安金藏、賀蘭山俱樂部說書人羅乙君、居酒屋媽媽桑台荔家羚家卉母女三人、旅館駐唱迦陵頻伽樂團與主唱阿羌、長期住客美蘭嬤嬤等。另有多名次要角色。

主角圖尼克時雄時雌，由男、女兩位演員分飾，各以圖尼克陽、圖尼克陰標示。兩位圖尼克造型打扮一模一樣，但圖尼克陰頭髮為銀白色，似底片負片效果。

舞台

陽本舞台：西夏旅館全景。外有隴海花園、瑪旁雍錯蓮池、大刺桐樹一株。內有「興慶府」宴會廳、「名」居酒屋、寧夏文創商場、「賀蘭山」俱樂部、「有影」劇場、美蘭嬤嬤房間、Room 1949 等。

一、說書人羅乙君

說書人羅乙君翻讀《西夏旅館》，唸誦小說。

羅乙君：「女孩問圖尼克，你在這旅館裡轉悠著做什麼？圖尼克說：『我在發明文字。』……記憶被漂洗，意義被篡改，那像一個猜字謎遊戲的棋盤，每一枚文字的定義被翻牌時刻，流浪者之歌便變貌成騎兵血洗異族誌，哀傷的受難者則成了瀆神的人造人基因工程狂徒。因為這是一個被驅趕出『我們』之外的『他們』的旅館，這裡頭住著的是一群脫漢入胡的可憐鬼。」

羅乙君唸完小說對觀眾說話。

這是駱以軍小說《西夏旅館》最後一章〈圖尼克造字〉。寫的是主角圖尼克在一連串旅館大冒險之後，挫敗地開始創造新字，因為他所經歷的是現有文字不足以描繪的光怪陸離世界。

花很多時間讀這本書。喜歡這本書的內容，不過，更著迷文字本身。文字可以等於其所表述的人物、事件、故事或時空嗎？或者，文字只是一道謎題？一個歷史痕跡？或是一組關於時間的密碼？我們能透過文字解開最終的意義嗎？一邊閱讀《西夏旅館》，我一邊這樣想著……

我是羅乙君。羅馬的羅，甲君乙君丙君的乙君，一個無特別指稱或個性的名字。我在西夏旅館「賀蘭山俱樂部」工作，擔任說書人，表演脫口秀。賀蘭山和唬爛山發音很接近，不過，我所說的都是真的，絕不唬爛。

歡迎大家來到西夏旅館參加我們的週年慶活動，今年的活動非常「文創」，旅館特別舉辦了「西夏文字藝術節」，接下來將會有一連串與西夏文字相關的猜謎、演出、抽獎等活動。我負責協助大家「看演出猜字謎」，希望大家玩地愉快，贏得大獎回家。現在讓我們進入字謎遊戲。先給大家一些西夏文字背景提示：

西夏是十一世紀由黨項羌族在中國西北建立的帝國，開國皇帝李元昊，深深以自己的羌族文化特色為傲，不願像自己的祖父、父親一樣向漢族稱臣，一建國就刻意要擺脫漢族文化的影響，創制了西夏文，首先在文字上獨立。

「西夏文，又稱『蕃文』或『蕃書』，目前總計有六千多個字，結構多是模仿漢字而來，形體方整，筆畫繁冗，用點、橫、豎、撇、拐、鉤等筆畫組成一個單字。單純字比較少，多是由兩個甚至三、四個字合成一個字，很像漢字裡的會意字和形聲字。」

以上這段關於「蕃文」、「蕃書」的簡介，來自維基百科。充滿了漢族優越意識，顯然是漢人所寫。如果西夏仍有後裔存在，不知他們會如何改寫這段文字？應該會以西夏人立場思考，從西夏民族利益出發，以西夏文字書寫……

這是西夏旅館週年慶字謎遊戲的第一個字。

上字謎卡一：

「我」們常常說到這個字。「我」剛剛說的那句話，就包含了這個字。這個字也是模仿漢字而來，和漢字的「義」字有極大的關係。

上漢字卡：**義**。舞台兩側投影，刻意讓字謎、漢字遙遙相對，羅乙君解釋「義」字。

何謂「義」？「義」的上面是「羊」，下面是「我」，「我」這個字從「鋸子」的形狀演變而來。以「鋸子」之類的工具殺了一頭羊，獻給神，稱作「義」，因為合乎神意，後來衍生出「正義」的意思。

羅乙君回頭解釋西夏字謎。

認識了「義」字之後，再看回我們的字謎。讓我們開始想像「正義」……猜出來了嗎？有人知道答案了嗎？如果猜不到，也沒關係，請仔細留意接下來的各項活動，我們安排了許許多多字謎的線索。

二、字謎一：我

播放「迷幻之蝶」影帶。

影像內容：圖尼克陰與圖尼克陽遠遠對峙。二人身上都背了長鏡頭相機。突然一巨大聲響，槍聲混著快門聲。圖尼克陰抱著受傷腹部蹲下。

圖尼克陰看手上鮮血。流淌鮮血幻化為抽象紅色線條。圖尼克陰奔逃。

以圖尼克陰觀點的台北城市街巷搖晃奔跑鏡頭。

紅色線條漸成西夏文的「我」，再轉成漢文的「我」（要特別突顯漢文「我」），最後，變成一隻有台灣「迷幻之蝶」之稱的國寶寬尾鳳蝶。

圖尼克陰持續奔跑。迷幻之蝶撲翅。蝴蝶翅翼的紅色斑紋如鮮血，不斷變換。

字如血。血如字。

圖尼克陰跌入黑暗。只餘蝴蝶翻飛。

最後，迷幻之蝶停駐在西夏國寶「流淚雙頭佛」佛像合十的掌尖上。

影帶結束，舞台燈光亮起。

三、Room 1949（I）

西夏旅館1949號房。槍聲（快門聲）。圖尼克陰從槍擊惡夢驚醒。圖尼克陰拿下防失眠「睜眼眼罩」（眼罩圖案是一雙睜大的眼睛），發現妻子碧海坐在床尾，陷入夢遊狀態。

碧海穿著白色睡衣，頭戴一頂「獾」造型毛帽，衣飾有民族風味，但不特指何族群。

碧海站起，恍惚走出室外。圖尼克陰拿起相機跟蹤其後。

碧海漫遊至旅館朧海花園的瑪旁雍錯蓮池。

說書人羅乙君坐在池畔，招呼碧海坐下。

圖尼克陰躲在大剌桐樹後偷拍二人說話。

羅乙君：請坐。我喜歡你的帽子。

碧海：（恍惚微笑）謝謝。我是一隻獾。

羅乙君：睡眠是短暫的死亡，夢遊是逃脫死亡的演出，我喜歡你的角色。（微笑）

你要的書我帶來了。（遞書）《西夏旅館》。陽本、陰本，上下兩冊。先看陽本，再看陰本，順序不能亂。

碧海：謝謝。（翻書）陰本是空白的!?

羅乙君：這是這本小說奧妙的地方，你得先讀陽本，讀完之後，陰本內容會自然浮現。

碧海：會浮現什麼樣的陰本內容呢？

羅乙君：因人而異。陰本有如一面鏡子，忠實反映你閱讀陽本時的種種想法和心情，不管是認同、喜悅、懷疑、恐懼、否認、悲傷、逃避或絕望等等。（停頓）不過，反映讀者這件事很想當然耳，你也可以換個角度想，其實浮現的是作者沒寫出來的、無心忽略的、刻意隱瞞的、不敢明白寫的或更幽微曲折的，可能是作者自己都沒意識到的，最壓抑和陰暗的部分……

碧海：所以讀者才是陰本的作者!?

羅乙君：某方面來說，是的。一千種讀者，一千種陰本。每個人以他的想像和理解建造千萬種西夏旅館……還有，閱讀這本書的時候一定要非常小心，千萬記得找個隱祕的地方，單獨閱讀，不要讓人知道，也不要和人討論……

碧海：如果和人分享呢？

羅乙君：將會有嚴重的血光之災，你會招來殺身之禍。這是本「命運之書」，你的閱讀方式決定了你的命運！

碧海：真的嗎？（翻書自語）《西夏旅館》這麼嚇人？作者是恐怖份子嗎？

羅乙君：（發現圖尼克陰在樹後偷看）有人來了。把書收好。我先走一步。（匆忙退場）

圖尼克陰登場，佯裝沒見到羅乙君，舉起相機開閃光燈拍攝妻子。碧海驚見閃光，大夢初醒。

碧海：這裡是哪裡？

圖尼克陰：西夏旅館。

碧海：（看手上《西夏旅館》書）啊!?

圖尼克陰：你又亂吃安眠藥了？

碧海：我又夢遊了？

圖尼克陰：嗯。

碧海：這裡是西夏旅館？（環視）我們為什麼會在這裡？

圖尼克陰：我們來西夏旅館二度蜜月啊。

碧海：我什麼都想不起來了。

圖尼克陰：（看碧海手上書）你又去找他了？

碧海：誰？

圖尼克陰：那個說書人羅乙君。

碧海：羅乙君？（看手上書疲累辯解）我不知道你在說什麼……這是誰的書？

圖尼克陰：他給了你這套書？我看到你們……（急忙收口）

碧海：你看到什麼？

圖尼克陰：沒什麼。這是什麼書？

碧海：《西夏旅館》。

圖尼克陰：內容是什麼？關於這座旅館的歷史沿革？

碧海：也許。（碧海翻閱小說）這段挺有意思的。我唸給你聽。（唸書）「他妻子曾和他玩過一個遊戲，唸了一本書裡的一段故事給他聽。『你聽清楚喔，我一個一個字慢慢地唸，有聽不清楚的地方可以叫我再重唸一遍。』逐字逐句，眼前清楚地浮現那個故事的場景，人物在裡頭說的話。過了兩個月，他的妻子要他把故事重述一遍，然後翻出那本書裡的故事原文比對，發現他從記憶裡撈摸拼湊出來的版本，和原來的情節有著許多出入。一些細節被省略了，原故事裡的一些歧突古怪的邏輯也被重新修改變得合理了。故事中一些不起眼的小物件，他反而沒有誤漏地記得。」

圖尼克陰：（看書，接著唸）「這是什麼怪書？是在測繪你的記憶幽谷下面隱藏的人格特質嗎？」

碧海：（續唸）「他的妻子一直咕噥著他的記憶形式和書裡分析的完全不同。那些遺漏、替代、修改、或圖像移轉的方式，完全不同。『也許你是個殘忍的人。』你記得的全是那些別人不以為意的部分，別人記得的你卻用一種滑稽的方式將之修改……」

圖尼克陰：（自語）也許我是個殘忍的人……

碧海：（唸書）「也許你是個殘忍的人。」

圖尼克陰：（自語）也許我是個殘忍的人……

碧海：（看圖尼克陰）圖尼克，你怎麼了？

圖尼克陰：（對碧海）也許我是個殘忍的人。

碧海：這是小說。不要當真。

圖尼克陰：（拿小說翻看）小說裡說我們之間有了第三者，我是個嫉妒憤怒的丈夫，我殺了你，還割下你的頭顱，放在一個金色的帽盒裡，沿著縱貫鐵路逃亡，最後住進西夏旅館裡。我是個殘忍的殺妻者，流浪的野蠻人。

碧海：你殺了我!?
圖尼克陰：小說裡這麼描述。
碧海：（聲音轉冷漠）請不要誤會我，我們之間沒有第三者，這都只是你的幻影、你的夢……夢會醒。（起身欲離去，圖尼克陰攔阻）
圖尼克陰：你要去哪裡？
碧海：我討厭你跟蹤我，誤會我。（閃躲欲離去）
圖尼克陰：碧海。（碧海再閃躲）不准走。
碧海：真正胡思亂想恍神夢遊的人是你。
圖尼克陰：回來。我痛恨任何形式的遺棄……

圖尼克陰攔阻碧海，碧海掙扎，二人激烈拉扯，碧海打了圖尼克陰巴掌，快步離去。
圖尼克陰怔忡，心有不甘，跟上。
兩人退離主舞台，轉入觀眾看不到的側舞台。

四、圖尼克殺妻

側舞台裝了多部監視器。觀眾可透過螢幕監看側舞台一切。不過有影無聲。

轉入側舞台的圖尼克陰追上碧海。兩人肢體衝突激烈，幾乎是致命打架。圖尼克陰高頭大馬，但碧海個性強烈，毫不留情反擊。

圖尼克陰舉起相機瘋狂連擊。碧海昏迷倒地。監視器角度不佳，觀眾知道發生激烈衝突，但無法判斷圖尼克陰是否殺了碧海。

圖尼克陰擁抱碧海。

圖尼克陰拖碧海身體離開監視器監看範圍。地上拉出一條血痕。

監視器某螢幕顯現的電子時間是二〇二四年三月十九日廿三點五十九分。無法知道是時鐘故障或此「殺妻」案發生在未來。

監視器影像收掉。主舞台燈亮。

五、Room 1949（II）

西夏旅館1949號房。槍聲（快門聲）。圖尼克陽從殺妻噩夢驚醒。

圖尼克陽拿下防失眠「睜眼眼罩」（眼罩在此演出出現多次意義重要），頭痛欲裂，看見身旁有一大金色帽盒，發呆許久，然後將「金帽盒」環抱在懷裡。

圖尼克陽看牆上的電子數字鐘，時間停在二〇〇四年三月十九日廿三點五十九分。

室內電話響，圖尼克陽遲疑，接電話。電話傳來陌生又似曾相識女人（圖尼克陰）聲音。

女人／圖尼克陰（聲音）：請問……你是？

圖尼克陽：啊？

女人／圖尼克陰：對不起。我是……（雜音）

圖尼克陽：什麼？

女人／圖尼克陰：你是？（更大雜音）啊，我是……（雜音淹沒人聲）

圖尼克陽：碧海嗎？碧海……

對方掛掉電話。

圖尼克陽頭痛，拿出止痛劑，吞服。

室內電話又響，另一女人，聲音似圖尼克妻子碧海。

女人／碧海（聲音）：先生您好，不好意思打擾了，這裡是西夏文字藝術節主辦單位，恭喜您成為我們字謎遊戲的幸運貴賓，只要您猜對任何一個字，只要一個字，就可以免費獲得「中國西夏王陵七天極樂行」旅遊套裝行程。西夏王陵素有東方金字塔之稱……

圖尼克陽：（微怒）小姐，您在跟我推銷墳墓嗎？

女人／碧海：是的，除了參觀王陵，也就是您說的墳墓之外，我們還特別安排了西夏古都興慶府一日遊，白天看文化遺產佛塔佛寺，晚上聽知名樂團演奏「胡樂」，吃烤西夏全羊大餐……

圖尼克陽：烤西夏？莫名其妙。你知道現在幾點嗎？

女人／碧海：自「我」追求，不論日夜。時刻警醒，「我」不是「我」。

圖尼克陽：你在跟我玩字謎？

女人／碧海：請答一個字。

圖尼克陽想不出來，惱羞成怒。

圖尼克陽：我不知道。你以為「認識自己」是件很容易的事嗎？

圖尼克陽掛電話。無法平服。拿起室內電話，想了想，撥打家裡電話。

無人接聽，電話轉答錄機留言。

答錄機內容：一小段〈望春風〉音樂，然後是碧海的聲音。

碧海（聲音）：我是碧海，我和圖尼克都不在家。有事請留話。謝謝。這是一九三三年純純演唱的〈望春風〉，也是我最喜歡的版本。祝福您有美麗的一天。
圖尼克陽未留言，掛掉電話。注意力轉向金帽盒，看著金帽盒發呆。拿起手邊《西夏旅館》小說開始對著金帽盒唸，彷彿金帽盒中有妻子的頭顱。

圖尼克陽：（唸小說）「關於女人，關於愛情，或者是嚴格定義下所有與這個詞悖反的負面品格：見異思遷、喜新厭舊、遺棄、嫉妒、面對被遺棄者之歇斯底里而心生佯怒，乃至於暴力相向、因嫉妒而起的謀殺、造謠、借刀殺人……林林總總、眼花撩亂、應有盡有，簡直可以開一間『敗德愛情故事博物館』，所有這一切，居然全發生在一個男人身上，我的西夏故事的源頭……那位西夏兩百年帝國的開國者李元昊……如果放在現代，肯定比切·格瓦拉還要浪漫，比史達林還要懂得誅殺異己，比賓拉登還飄忽神祕充滿宗教詩篇的魅力……這個故事從李元昊的七個妻子開始……」

隱約傳來〈望春風〉音樂，圖尼克陽傾聽，發現時鐘仍停在二〇〇四年三月十九日廿三點五十九分，圖尼克陽拿起相機，拍了時鐘。
〈望春風〉音樂轉大聲。圖尼克陽離開房間尋聲而去。

六、元昊殺妻

西夏旅館「賀蘭山俱樂部」。旅館駐唱「迦陵頻伽樂團」和主唱阿羌登場，試音。飯店總經理范仲淹、活動總監安金藏入座，等待活動開始。圖尼克陽坐進觀眾席，成為活動賓客。活動主持人羅乙君開場。

羅乙君：大家好，又到了西夏文字藝術節字謎遊戲時間，我們要進入第二個字的猜謎，首先為大家介紹今天的貴賓，第一位是西夏旅館總經理范仲淹先生。

范仲淹起身跟觀眾致意。

羅乙君：范總經理和中國北宋大文學家范仲淹同名同姓，人如聖賢，范總也是個熱愛文學藝術的資深文青，不僅關心文化發展，還以具體行動投入文化創意產業，結合觀光、書店、藝廊、商場、電影院、劇場、俱樂部、靈修中心等等，將西夏旅館打造成台灣最知名文化品牌。第一次聽到旅館辦文字藝術節吧？很有文化吧？這就是我們范總對台灣文創的奉獻和熱情。

第二位是旅館活動總監安金藏先生，這次週年慶活動的策展人。

安金藏起身跟觀眾致意。

說到安金藏總監，那真是無人不知無人不曉，安總監不僅是策展人，也是華人世界最富爭議的幻象大師，他最有名的魔術表演，大家一定都知道，也就是把台北總統府變不見……引起華人世界極大的關注和討論，「台北總統府不見了」這件事超越了魔術娛樂的極限，讓大家真是又開心又擔心，情緒非常激動也非常複雜……聽說安總監接下來還有一個更大規模的魔術表演計劃，預計動員台灣、中國上百名藝術家，要把自由廣場和天安門廣場對調，創造兩岸交流以來，最直接、最偉大、最不可置信的「和平幻覺」，哇，說到這兒，真是讓人好沸騰好熱血起來……

接下來介紹的是旅館駐唱「迦陵頻伽樂團」和主唱阿羌。

樂團致意。阿羌全身雪白，戴羊頭帽飾，扮演元昊。

為什麼叫「迦陵頻伽樂團」呢？請阿羌為觀眾介紹一下。

阿羌：迦陵頻伽是佛經裡的一種神鳥，能唱經文，歌聲美妙，又稱作「妙音鳥」，希望我們也能像妙音神鳥一樣，唱出天籟。

羅乙君：你為什麼叫阿羌呢？好特別的名字。要不要也介紹一下？

阿羌：阿羌是外號，不過，我祖父輩是中國四川羌族，輾轉來到台灣。據考證，羌族後裔可能和古西夏帝國有關，我也常覺得自己就是西夏人。

羅乙君：你這身打扮很特別，還戴了個羊頭，有什麼特殊意義嗎？

阿羌：我扮演西夏開國皇帝元昊。西夏是由黨項羌族所建立的帝國，以羊為圖騰，「羌」這個字與羊有密切關係，所以我戴了羊頭。而且，西夏崇尚白色，據說元昊登基時，刻意與漢族所尊崇的黃色區別，一身雪白建國稱帝。

羅乙君：一身雪白的李元昊！充滿傳奇的李元昊！是的，接下來字謎故事的男主角：李元昊！一個殺妻、殺母，帶領西夏從母系部族跨入父權帝國，備受爭議的獨立建國者。

羅指示上字謎卡二：

這個字謎與李元昊的生平事跡有關。觀念影響行動，行動塑造價值，人類歷史，以「父」之名。接下來為大家呈現「元昊殺妻」秀，充滿狂愛與死亡，也充滿字謎的線索，預祝大家看戲愉快猜謎順利！

樂團演奏中國西北大漠風情音樂。

七位演員依序扮演元昊的七個后妃，羅乙君、阿羌一搭一唱說起元昊殺妻故事。

觀眾席中圖尼克陽發現主持人羅乙君似是妻子外遇對象，舉起相機偷拍羅。

羅乙君、阿羌：衛慕氏，李元昊的第一個妻子，來自西夏最具影響力的衛慕部族。衛慕氏賢淑仁慈，如母如姐，常對元昊曉以大義。不過，元昊對衛慕部族深具戒心，雖說自己的親生母親亦是來自衛慕氏。

衛慕部族一名大將不滿元昊，擁兵作亂，元昊趁機翦除威脅，血洗衛慕全族，包括了自己懷有身孕的妻子衛慕氏，和自己的親生母親衛慕氏。

屠殺淨盡。

耶律氏，遼國的興平公主，李元昊的第二個妻子，也是政治聯姻的犧牲品。宋、遼包圍西夏，元昊以婚姻為退路，迎娶遼國公主離間宋、遼兩大敵國。據說公主備受冷落，難產而死，元昊不聞不問……公主之死，啟人疑竇。

野利氏，元昊第三個妻子，是個真正可以與元昊匹配的女人。聰明、能幹、強悍，據說元昊也懼怕她三分。元昊和野利氏的故事較複雜，等一下補充。

妃索氏，李元昊的第四個妻子。公元一〇三六年，元昊攻打貓牛城，誤傳戰死沙場。妃索氏喜獲自由，在後宮彈琴唱歌慶祝。元昊凱旋，妃索氏害怕被凌虐報復，自殺了結。

咩米氏，李元昊第五個妻子。為元昊生了一個兒子阿理，但一生不受寵愛。阿理長大成人，聚眾篡位，元昊大怒，將阿理投入河裡淹死，並以毒酒賜死咩米氏。

元昊的家族謀殺，「父」與「母」的權力爭奪，愈演愈烈。故事轉回第三個妻子野利皇后。

野利皇后家世顯赫，兩位叔叔野利旺榮、野利遇乞更是驍勇善戰，協助李元昊擺脫漢族宰制，獨立建國。

野利氏為元昊生下兩個兒子。長子寧明生性仁慈，天資聰穎。元昊問他何為養生之道，他答：不殺人。元昊再問，何為治國之術？寧明說：寡慾。元昊聽了大為憤怒，覺得父子倆實在南轅北轍話不投機，下令不准再見，寧明又驚又氣，活活病死。

二子寧令哥個性有如父親，飛揚跋扈，殘忍多疑。寧令哥娶太子妃沒哆氏，求元昊賜婚，元昊一見沒哆氏絕色，昏了頭，不准太子娶妃，並將媳婦占為己有，沒哆氏成了元昊第六個妻子。

媳婦成了枕邊人，亂倫戲碼愈加瘋狂。太子寧令哥、野利皇后母子發下毒誓伺機復仇。不過元昊搶先一步血洗野利家族，奪回了野利皇后兩位擁兵自重叔叔軍事大權。

殺。殺。殺。

夜深人靜，元昊憶起與自己一同征戰天下情同手足的野利叔叔，良心大發，迎回叔叔的遺孀沒藏氏。沒藏氏驚魂未定，梨花帶淚，楚楚可憐，勾動了元昊內心最柔軟部分。沒藏氏成了元昊第七個妻子，為元昊生下兒子諒祚。

公元一〇四八年，等待復仇多年的太子寧令哥，趁元昊酒醉不省人事，持劍入宮，一劍削掉元昊的鼻子。元昊流血過多，隔日早上死亡，得年四十六歲。

現在寧夏人批評一個人失德，不說不要臉，他們說：不要鼻子。

圖尼克陽忘情用閃光燈拍照。

燈光設計刻意強調閃燈效果。

阿羌：殺、殺、殺。
羅乙君：元昊帶領黨項羌族，從母系草原牧歌走向父姓邦國歷史。
阿羌：殺、殺、殺。
羅乙君：我們活在一個殺女人的文化之中。
阿羌：殺、殺、殺。
羅乙君：原來，這就是「文明」。

搭配殺殺殺聲，強調快門聲響和閃燈。樂團演奏作結。

七、字謎二：父

元昊殺妻秀結束。

圖尼克陽欲搭訕主持人羅乙君。

范仲淹半路殺出，和圖尼克陽招呼，熱情介紹圖尼克陽和安金藏認識。

范仲淹：圖尼克！

圖尼克陽：范叔叔好。

范仲淹：來，介紹兩位才子認識。（對安）攝影家圖尼克，我最好朋友的獨子，我和他父親認識四十幾年了。圖尼克正在籌辦「台灣之光」寫真裝置個展，特別請他抽空來幫旅館拍攝形象照片，他的第一台相機還是我送的，我真是慧眼識英雄！（對圖）安金藏，你剛都聽說了，大魔術師！台北總統府最害怕的人，哈。

圖尼克陽：你好。下次請把西夏旅館變不見吧。

安金藏：我盡力。常在雜誌上看到你的作品，很期待你拍攝的西夏旅館，希望你可以透過相機把旅館留下來，在它消失之前。不過，現在我得「消失」了，先走一步。

圖尼克，歡迎參加週年慶，後會有期。（退場）

圖尼克陽：謝謝。

范仲淹：如何？剛剛的字謎秀？

圖尼克陽：殺老婆這種事，很刺激，很具話題性。

范仲淹：安金藏腦袋靈光，用李元昊故事包裝「殺妻」，既滿足男人的權力幻想，又和歷史沾親帶故，暴力順勢成了文化力，還很夠力。這年頭流行文創，所有東西加上歷史元素準沒錯。（張望）老婆沒來？

圖尼克陽：（遲疑一下）她人不舒服，在房間休息。

范仲淹：還好嗎？

圖尼克陽：頭痛，老毛病。憂鬱症，睡不好。

范仲淹：雖說請你來拍照，不過壓力不要太大，我們的二度蜜月行程口碑很好，和碧海順便好好享受一下，做做Spa、吃吃美食、看脫口秀表演、猜猜字謎，把旅館當作自己家裡，很快憂鬱全消，包準沒事！

圖尼克陽：碧海喜歡猜字謎。

范仲淹：那更好。這次藝術節準備了七個字謎，分散在旅館的各種活動裡。全部猜對的，我們免費送他去西夏王陵旅遊，機會寶貴，你們小倆口好好把握。

圖尼克陽：好的。（陷入思考）

范仲淹：想什麼？

圖尼克陽：剛剛的字謎。

范仲淹：李元昊殺妻，猜一個字！

圖尼克陽：「殺」？（范搖頭）「妻」？（范再搖頭）「女」？

范仲淹：快接近了。

圖尼克陽：「男」？

范仲淹：還記得那個字的字形嗎？看起來像一個男人拿著一支石斧。以前母系社會，不知有父，這個字本來只是代表勞動力，描述男人拿石斧砍樹、鋤地，後來演變成男性對女性的權威。

圖尼克陽：武器讓男人有了權威……這個字是「父」？

范仲淹：是的。父親的「父」。父權的「父」。殺妻、殺母，由母系部族進步到父權國家，西夏的文明和秩序是從這裡開始的。

圖尼克陽：歷史是男人的歷史。

范仲淹：（點頭）你父親熱愛西夏歷史，他一定同意你的話。母親還好吧？

圖尼克陽：嗯。母親整理父親遺物的時候，看到一個人頭鳥身石像，母親說那是您的東西，要我帶來還您。

范仲淹：遺物？（不悅）你父親只是離家。哼。

圖尼克陽：只是離家？十幾年了，不聞不問……（難掩對父親的不滿）母親和我都認為他不會回來了。

范仲淹：（譏諷）也不希望他回來吧⁉

圖尼克陽：（尷尬。轉移話題）還是把石像還您吧。

范仲淹：沒想到你們還留著，那是我從西夏王陵買回來的小紀念品，用賀蘭山石頭雕刻的迦陵頻伽鳥。石像不用還了，李元昊陵寢現在成了熱門旅遊景點，很容易就買得到那種模仿贗品。

圖尼克陽：我想起來了，小時候父親好像說過關於迦陵頻伽鳥的故事。

范仲淹：你父親一直是個說故事高手。他不該只是個中學歷史老師，他不該停筆的。

圖尼克陽：父親曾經寫作？

范仲淹：（點頭）《如煙消逝的兩百年帝國》，你父親最好的作品。四十五萬字，西夏王朝兩百年興衰的故事，你父親一字一字地寫在空白紙上，足足一千五百餘頁，排開來有兩個籃球場那麼大……那是個超乎想像的歷史重建工程，不過，發生「那件事」之後，他就燒毀稿件，不再寫，也絕口不提了。

圖尼克陽：「那件事」？

長長的沉默。

范仲淹：是的，「那件事」之後，你父親離開了我，離開了台北，然後遇見你母親。多年之後再見到你父親時，你已經十五歲了。

圖尼克陽：我十五歲生日的前一天，父親突然離家，不告而別。（難掩不平）

范仲淹：我知道。

兩人散步至旅館花園，花園裡有大刺桐樹、蓮池，還有一小段鐵路遺跡。一字謎做成燈飾掛在樹幹上。

字謎三：

圖尼克陽：樹上有個燈謎。

范仲淹：今天遇到的第三個字，這個字和你父親有關。

圖尼克陽：和父親有關？

范仲淹：（突然說出）我愛你父親。

圖尼克陽驚訝轉頭看范。寂靜。隱約傳來遠方火車轟隆聲。

范仲淹：（打破沉默）你父親是個獨裁者，你以為我不恨他嗎？但到了我們這年紀，「隨露珠而生，隨露珠消逝」虛度一生，充滿悔恨，卻發現自己被一種超乎想像的純潔、熱望，一種別的形式難以替代的強烈情感支配著，愛著他。

圖尼克陽：愛？

范仲淹：在我們這個文化裡，從沒有一個學習機制去體驗「愛」這東西。少數經驗過的人，也沒有一套話語去形容它。無從了解愛是怎麼一回事……

圖尼克陽：（自語）我痛恨各種形式的遺棄。

范仲淹：我知道你仍埋怨著你父親不告而別離開你和你母親。我可以理解那種孤獨恐懼，除了經濟上的頓失依靠，難以釋懷的是那種情感上的深深挫敗，我無意為你父親說話，不過，你終會明白遺棄與被遺棄的痛苦與憾恨。我想說的是，你父親……

遠方火車隆隆聲越來越大，掩蓋范的聲音。

圖尼克陽：沒想到旅館裡還有鐵路。

范仲淹：這裡是「隴海花園」，取名隴海，顧名思義，是紀念中國的隴海鐵路。你祖父以前是國民黨的鐵路官員，帶著你新祖母和你父親在寧夏測量隴海鐵路支線，一九四九年共產黨打來，他們一路西逃翻過了青藏高原，到了印度。

圖尼克陽：父親幾乎不談他在印度的事。

范仲淹：你父親在印度愛上了一女孩，那是他的初戀。不過，後來發生了……總之，你父親幾乎是被你爺爺遺棄放逐，獨自來到台灣，一直到你爺爺臨終前一年，他們父子才又和解相見。你父親並不是一個冷漠無感的人，如果你知道他的過往，你會理解接納他的。

圖尼克陽：（避開話題）這鐵路通往哪裡？

范仲淹：鐵路穿過旅館的正中心，由此往前走，你會抵達迷宮的核心，故事的真相。

圖尼克陽：這是比喻嗎？聽來像一則超現實寓言。

范仲淹：每一個故事的暗影角落都藏著一條鐵路。我懷念鐵路，懷念和你父親一起沿鐵軌散步聊天的青春日子。

圖尼克陽：（再打量字謎燈飾）說了這麼多關於父親的事，我還是不知道這個字的意思，這個字和你說的「那件事」有關嗎？

范仲淹：嗯。

圖尼克陽：可以告訴我「那件事」嗎？我想多了解父親的過往。

范仲淹：「當歷史被動了手腳，還有什麼是我們可相信的真實？」

圖尼克陽：啊？

范仲淹：你父親喜歡引用的話。

圖尼克陽：這是「那件事」的開場白？

范仲淹：也是提醒，接下來我要說的關於你父親的「歷史」，可能動過了手腳，不過，無損於你對字謎的猜測。

圖尼克陽：為什麼要說一個動了手腳的歷史？沒有真實的歷史嗎？

火車隆隆聲聽來像是真有火車往旅館方向來，光影閃爍。

范仲淹：所有的歷史，都不過是動了手腳的故事。

描述南京風光的〈鍾山春〉音樂入。
隨范仲淹敘述，圖尼克陽想像父親的故事。
投影照片：圖尼克陽的主觀幻想。

當時，所有的「外省人」，都處於一種「有一天老先生終要帶我們回家鄉」的引頸企盼，一種球賽中場休息時刻的歷史暫停時間裡。他們把自己想像成漂流在一座荒島上的魯濱遜。

他們都是一些軍隊裡的士兵，後來成了公務員或老師。他們同樣沒有土地，沒有自己的家族，他們被安置在軍營、眷村、宿舍裡，猶如失去時間感的夢遊者，等著一年又一年大同小異的總統文告。

「一年準備，兩年反攻，三年掃蕩，五年成功。」（引述，苦笑）

你父親便是置身在這樣一群外省人中，苦悶地過了幾年。師大畢業後，他在蒙藏委員會待了一段很短的時間，後來，發生了「那件事」，他便離開台北，到台東成功漁港一處中學當老師。

事實上，你父親可能並不認為自己是那些「外省人」的一員，當然也不因此被當作

「本省人」，這在今天看來，很像你們這一輩人非常熟悉的「身分認同遊戲」。

他並非四九年那一整批潰敗撤退的國民黨軍隊來到台灣這是其中一個原因，他走了一條和大家不一樣曲折的路線。第二他和你祖父及你新祖母之間的衝突可能是另一個原因。再來呢，他在當住宿學生或在「蒙藏委員會」上班的期間，可能受到一些來自各省流亡學生或外省長輩的排擠甚至欺負。

那個年代嘛，人心浮動，這群逃難者猶記得他們各自的戰火浮生錄，難免都帶著一種求生本能的自私與流氓氣，結黨結社搞小圈圈，惡整不是自己這一掛的。像一個大燜鍋裡慢火煮沸的一大群青蛙，全在一種滅亡的恐怖預感下吞食著別的青蛙。你父親又是一個那麼落落寡歡，不與人親近的人。自然就很容易在一種互相猜忌的氣氛下被排除出他們的小圈圈之外。

那時你父親在台灣可能只有我這麼一個朋友，我一星期去找他三、四回，兩人輪流出錢搭伙。當然，都是我出的錢。我記得一個黃昏，我去找他……

范仲淹回憶過去。燈光轉換。

范仲淹、圖尼克陽退入觀眾席，一起坐看舞台上關於圖尼克父親圖漢民的青春故事。

八、被捕

一九七〇年代某日。深夜。萬華火車站附近圖漢民租屋處。

火車聲。狗吠聲。

青年范仲淹敲門。演出刻意強調放大咚、咚、咚敲門聲，彷彿不祥警訊。

嫁作外省人婦的本省籍房東太太開門伸出頭不安張望。

房東太太：（濃厚閩南口音。壓低聲音近乎耳語）圖漢民不在。

青年范仲淹：請問他有沒有說什麼時候回來？

房東太太：沒有。圖漢民不在。你不要來了。

青年范仲淹：不要來了？什麼意思？

房東太太：（張望四周小心翼翼）他不在了，出事了，被帶走了。

青年范仲淹：被帶走了？被誰帶走了？（房東太太不語，急關門）

房東太太：（再開門）他這個月房租還沒交。（拉青年范仲淹入門）

說書人羅乙君登場接話。

羅乙君：被誰帶走？當然是被警總帶走了。月黑風高的晚上，吉普車緊急剎車停在巷口、樓下，一群四、五個穿黑色西裝的傢伙，在附近狗吠聲中敲門。

神祕黑衣五人登場，敲門，咚、咚、咚。

黑衣人Ａ：請問是駱以軍嗎？

羅乙君：我是羅乙君，請問有什麼事嗎？

黑衣人Ａ：請你跟我們走一趟。

羅乙君：有事嗎？旅館有什麼問題嗎？我只是個說書的，還是我說的書有問題？（半驚慌半威脅）你們把我帶走，就沒有人可以協助大家猜字謎了。

黑衣人Ｂ：你以為只有你認得幾個字？大家都是文盲？

黑衣人Ｃ：（阻止黑衣人Ｂ。斥責羅乙君）你以為我們為什麼逮捕你？你話太多，介入太多。猜字謎只是形式，我們根本不希望大家懂字謎，最好他們都是文盲，思想簡單乖巧順從，深深相信我們所說的一切。

羅乙君：（怒）我會提醒我們的旅館賓客，小心語言的虛假本質……我可以進去換一下衣服嗎？

黑衣人B：不用了。只是去問幾個問題，一下子就回來。

羅乙君：可是還有好多字謎要猜……我們才開始猜第三個字……（被強行駕走）

圖漢民登場，接話。

圖漢民：說書人羅乙君被帶走了，我只好自己講述接下來的故事。

我是圖尼克的父親圖漢民，漢人的子民（沉吟），其實我不太喜歡自己的名字……我是個中學歷史老師，不過，大半生的時間都在研究西夏歷史和文字，深切明白歷史的歧義與不可靠性。特別是由一個角色親述自己的歷史，極可能，不，是一定會陷入主觀與偏狹，不過，誰說透過說書人所述說的歷史就一定公正客觀？

你儘可以逮捕你不喜歡的說書人，以符合己意的說書人取代。所以，怎能相信一個說書人呢？可是，還有什麼是可相信的？可以相信一個以演出形式所敘述的歷史嗎？可以信任一個角色嗎？請深深懷疑接下來的所有演出……

歷經一個多月的監禁拷問，他們把我放出來了。我是那少數能幸運回來的，不過，如許多出來的人一樣，多半崩潰瘋狂，之後的人生變調走樣。

九、獨眼人面瘡

深夜。青年范仲淹大稻埕租屋處。

甫出獄的圖漢民敲門，咚、咚、咚響。

青年范仲淹開門，驚訝，拉圖漢民入門。

青年范仲淹：他們居然把你放出來了。（心急問）他們怎麼對付你的？你是用什麼方法讓他們把你放出來的？你還好嗎？有沒有怎麼樣？

圖漢民以眼示意，要青年范仲淹別再問，彷彿有第三者在場。

然後神情恍惚，窸窸窣窣脫下自己的長褲，展示長在他左膝蓋上手掌大小的「獨眼人面瘡」。

那是一個噁心多皰膿瘡，上有許多隆起和凹陷，活像一張獨眼老人的臉。

青年范仲淹看人面瘡，胃一陣翻騰。

青年范仲淹：這是什麼？他們對你用刑了？一定很痛吧……要不要我幫你上藥？

圖漢民：（撫摸人面瘡，語調溫柔）你不要嚇到它，它很害羞。不過它人很好，代我受了許多折磨，他們刺瞎了它的一隻眼睛……用很細很細的針，挑開瞳孔，世界先是一片鮮紅，然後慢慢陷入灰暗……

青年范仲淹：刺瞎一隻眼睛？（看人面瘡，無法理解）

圖漢民：在裡面我孤獨又害怕，還好有它陪我說話，雖然它有些像我討厭的父親，不過仍給我許多鼓勵和安慰，我也才能熬過這一切，活著回來。

青年范仲淹以為圖漢民被折磨到瘋了。

圖漢民：它喜歡吃年糕或是牛肉乾。有什麼可以吃的嗎？

青年范仲淹遞過香蕉。

圖漢民剝香蕉，模仿獨眼人面瘡表情，一隻眼睛瞇著，吃起香蕉。

圖漢民：（微笑）喔，它餓了……（隨即又進入人面瘡角色發出怪笑聲，青年范仲淹看著圖漢民無法置信。）

有「新樂園」嗎？

青年范仲淹遞上菸。圖漢民點菸深吸，每一口都吐向人面瘡。

圖漢民：（對人面瘡）這是「新樂園」，我在裡面一直跟你說的。有了它，可以讓你忘掉一切，如進了新天堂樂園。（吸菸閉目，露出陶醉如吸毒表情。沉迷一會兒後，轉對青年范仲淹描述獨眼人面瘡喜好。）

它啊，喜歡吃，喜歡抽菸，喜歡女人，還喜歡唱歌呢。以前它愛唱《四郎探母》。（開始哼唱）「我好比籠中鳥有翅難展，我好比虎離山受了孤單。我好比南來雁失群飛散，我好比淺水龍困在沙灘……」不過，現在它迷上了最流行的〈台灣好〉。

青年范仲淹：〈台灣好〉？

圖漢民：是的，〈台灣好〉。我們在裡面每天都要唱的。（親吻人面瘡）

〈台灣好〉音樂響起，圖漢民以人面瘡角色跟著唱和，如癡如醉。

圖漢民／人面瘡：「台灣好，台灣好，台灣真是復興島！愛國英雄英勇志士，都投到她的懷抱。我們受溫暖的和風，我們聽雄壯的海濤，我們愛國的情緒，比那阿里山高，阿里山高！我們忘不了大陸上的同胞，在死亡線上掙扎，在集中營裡苦惱。他們在求救，他們在哀嚎，你聽他們在求救，他們在哀嚎求救哀嚎！我們的血湧如潮，我們的心在狂跳，槍在肩刀出鞘，破敵城斬群妖。我們的兄弟姊妹，我們的父老，我們快要打回大陸來了，回來了快要回來了！」

圖漢民陷入錯亂幻覺，彷彿看見一女子與一群黑衣人隨歌聲踏步舞蹈，女子神似他的後母胡靜。

此段幻覺以歌舞表現。女子由接續要出場的房東女兒吳思華擔綱。

歌舞結束。

吳思華敲門。咚、咚、咚。圖漢民恐懼顫抖。

吳思華：范仲淹，我是吳思華，我知道你在裡面，開門。

青年范仲淹：（對圖）是房東太太女兒思華。沒事的，不要害怕。（安撫圖漢民，

幫圖漢民穿好衣褲）

范仲淹：（在觀眾席中對圖尼克陽說）我真希望時間可以停留在那一刻。也許事情就不會是現在這樣了。

台上青年范仲淹開門。

吳思華：阿母要我給你送吃的來。（好奇張望裡面，發現圖）不好意思，打擾了。

青年范仲淹：謝謝。請幫我謝謝吳媽媽。

吳思華活潑開朗外向，一溜煙入門，坐下看著圖漢民。

吳思華：阿母喜歡做吃的，越多人吃她越開心。

青年范仲淹：（勉為其難介紹吳思華和圖漢民認識）這是圖漢民，我最好的朋友。這是吳思華，房東的女兒。

吳思華聽了忍不住笑出，青年范仲淹、圖漢民一臉不解。

吳思華：你的名字「漢民」，聽起來像閩南語的「酣眠」。有作白日夢的意思欸。

圖漢民：「酣眠」？是嗎？我不懂閩南話。

吳思華：不好意思，有點幼稚。最近學校大力推行「國語」，講閩南話的要罰錢，學生們一天到晚在玩這種「同音」遊戲，找機會抓同學把柄。我整天排解這種糾紛，可能被他們影響了。

青年范仲淹：思華在小學教書。

圖漢民：如果這樣，叫我名字的同學都要罰錢了，我人緣一定很差，交不到朋友。

吳思華：欸，不會的。現在不一樣了。「國語」說不好的，才會交不到朋友。你們外省人比較沒有這種問題。

圖漢民：你是本省人？

吳思華：台灣土生土長。雖然祖籍福建漳州，不過曾曾曾……祖父明清時代就過來台灣，好幾百年了。

青年范仲淹：思華的國語發音很標準。

吳思華：謝謝，常被錯認是外省人，也不知是好是壞。

圖漢民：你和我認識的一個人長得很像。

吳思華：那個人在中國？
圖漢民：在加爾各答。
吳思華：你從印度來的？好羨慕。讀過一些佛教哲學的書，我也好想去印度。希望政府趕快開放出國觀光。可以常找你聊天嗎？可以多說一些印度的事給我聽嗎？
圖漢民點頭。青年范仲淹發現吳、圖二人相互吸引，有些擔憂。轉場。
范仲淹：（在觀眾席中對圖尼克陽說）你父親出獄後，精神一直很不穩定，後來就搬來和我一起住。思華很受你父親吸引，常藉故來我們房間聊天，我們三人也一起出遊過幾回，不過，我並不希望他們太接近……
台上青年范仲淹租屋處。
吳思華向青年范仲淹打聽圖漢民言行，露出極大關注。
吳思華：圖漢民好奇怪，為什麼他常常在房間裡裝一個老人的聲音和自己吵架啊？
青年范仲淹：你偷聽？

吳思華：才沒有。聲音那麼大，誰都聽得見。圖漢民怎麼了？他是不是生病了？

青年范仲淹：噢，我這位朋友，因為某種扭曲的遭遇，正逐漸朝向一個暗不見光、比地獄還悲慘的所在，一個階梯一個階梯地走下去了。

吳思華：再說一遍。

青年范仲淹：噢，我這位朋友，因為某種扭曲的遭遇，正逐漸朝向一個暗不見光、比地獄還悲慘的所在，一個階梯一個階梯地走下去了。

吳思華：你到底在說什麼？我一個字都聽不懂。你在背小說嗎？

轉場。

范仲淹：（在觀眾席中對圖尼克陽說）之後，我發現她對你父親的興趣越來越大，我盡力找各種機會在她面前詆毀你父親，將你父親描述成一種陰暗形象，用了許多那個年代令人毛髮豎立的妖魔意象：痲瘋病、馬克思主義信徒、同性戀、美國大兵和台灣妓女生的雜種、血友病家族遺傳患者、一貫道信徒、豎仔……不過，完全無法嚇阻她，反而激起她的少女「殉道」熱情……有一天，我擔心的事終於發生了。

台上青年范仲淹租屋處。吳思華向青年范仲淹炫耀她所見。

吳思華：我和野利仁榮說過話了。

青年范仲淹：野利仁榮？

吳思華：漢民膝蓋上的那個獨眼老人。

青年范仲淹：那個人面膿瘡？

吳思華：那是野利仁榮。西夏李元昊的開國大臣、左右手，西夏文字的創始人，也是西夏的佛教哲學專家，是個活生生的人。

青年范仲淹：西夏？

吳思華：或者該說「白高大夏國」。「西夏」是漢人叫的，他們稱自己是白高大夏國。李元昊正確的說法應該是「嵬名曩霄」。

青年范仲淹盯看吳思華，發現她出現和圖漢民神似的恍惚表情。

青年范仲淹：白高大夏國嵬名曩霄？你們瘋了。

吳思華：我們都瘋了。

轉場。

范仲淹：（在觀眾席中對圖尼克陽說）是的，我們都瘋了。我們陷入了曖昧不明，無法言喻的三角競爭裡。

台上青年范仲淹租屋處。圖漢民陷入譫妄，手執一支筆在自己膝蓋上寫字，他幻想自己是西夏老臣野利仁榮，不斷重複寫著漢文「民」字及其可能的模仿和變形，幾乎是歇斯底里的。

青年范仲淹、吳思華擔憂看著。

以下野利仁榮獨白，迦陵頻伽樂團和主唱阿羌適時加入伴以「胡音」。

投放影片：以「民」為主的文字演變。

圖漢民／野利仁榮：我們是羌人的後裔。我們的開國者李元昊摘了漢人的賜姓，把女神陰戶的名稱冠在頭上，改姓嵬名，改名曩霄，領導「白高大夏國」獨立建國。我們禿髮、戴環，半人半獸，漢人叫我們索虜、辮奴。

圖漢民隨獨白書寫西夏文，文字自膝蓋滋生蔓延，如變形蟲迴游蠕動至桌椅、地板，爬向吳思華、青年范仲淹身上。

阿羌：元昊命令創造「白高大夏國」文字，從此我們的世界，從國土疆域，上下四方，飛禽走獸、醫藥、立法、卜筮、兵書、佛經故事，全脫離了漢文字那光溜溜一直一槓的「真實」。我們進入毛髮獵獵，日光下或月光下的每一件事物皆竄長出獸毛的世界。

圖漢民如施法祭司，匍匐地上款擺身體寫字。

圖漢民／野利仁榮：我們的文字長著令人發癢的體毛，它使得它所描述的世界全成了一個無法歸類的世界：樂人歌舞、吹笛鳴鼓，嘩笑報喜，鰥夫寡婦，牛羊馬駝，飛禽走獸，男服女服，人倫身體，蛆蟲草木，器皿時間……所有的一切，都成了風中搖擺、一根一根閃閃發光扎得眼睛發疼的毛髮。

青年范仲淹、吳思華如受蠱惑，也匍匐跟著款擺，三人似獸又似宗教崇拜。

阿羌：不止如此。我們是從嵬名元昊那充滿詩意的創造夢境裡走出來的。「獨立建國」，那是讓人神搖意奪、如痴如狂的一個長滿毛的詞。但那是一個不見光的所在伸下來的階梯。元昊在創造它們的時候便知道這些濃毛密髮的符號有一天會在這世上滅絕，只剩下我們這一支出亡者奔走到世界邊陲。

青年范仲淹、吳思華二人輪流親吻人面瘡，競相對圖漢民示愛。

圖漢民／野利仁榮、阿羌：有一天當我們黨項一族徹底自這個地表消失，人們撫摸著那些從軀骸每一接縫冒出來鬍鬚、腋毛、胸毛、陰毛、腿毛、披頭散髮的符號，百思不解它們所曾經記載下來「這一族人曾流浪過的時空」。他們說：咕嚕咕嚕。嘰哩呱啦。嘰嘰歪歪。像是撫摸著嵬名元昊雕刻在我們每一個黨項子民光溜溜臂部背部肚腹脖子上的刺青，每一個字都不一樣。每一個字都是一組晦澀的謎或他元昊不為人知的夢境。

字海翻湧。

青年范仲淹：（對吳指著人面瘡）它是愛我的。

吳思華：（對范）它是愛我的。

西夏文字佈滿整個舞台。范、圖、吳三人似宗教舞踊漸入高潮。

吳思華躺在地上，如生產般，雙腳拱起。

青年范仲淹緊抓吳思華雙手。

圖漢民跪伏吳思華身上，以長著獨眼人面瘡的膝蓋頂著吳下體，筆尖刺向她的眼睛。

吳思華：（發出痛苦哀嚎聲。閩話）不。不要。我不要……

樂團音樂轉激越、高亢，阿羌吟哦無法辨識的詞語。

十、字謎三：民

觀眾席范仲淹接話。

范仲淹：我們都是你父親意志下的產物……

圖尼克陽仍陷在剛才的「刺眼」演出，歎望無人舞台。
范仲淹轉頭看他，推了一下，圖尼克陽從神遊中驚醒。

范仲淹：發什麼獃？作白日夢？

圖尼克陽搖頭。

范仲淹：之後，你父親申請到台東成功漁港附近中學教書，離開台北，幾乎是隱遁到那個小漁港，與所有人都斷了聯繫，不過，他在那裡，遇見了你母親。

圖尼克陽：（沉思自語）我似乎未真正了解自己的父親。謝謝您告訴我這些。

范仲淹：你父親一直不喜歡你爺爺幫他取的名字。「漢」、「民」這兩個字，都是他不喜歡的字。特別是那個「民」字。

圖尼克陽：我也不喜歡父親幫我取的名字啊。（苦笑）「民」字有特別的意思嗎？

范仲淹：古代有一種「刺眼」的酷刑，用來懲罰反抗的奴隸或罪犯。「民」這個字原來是描述一個人被刺瞎一隻眼睛的樣子。瞎了一隻眼睛比全盲好，除了管理容易，還可以保有些生產力……對統治階層來說，老百姓和奴隸其實沒什麼兩樣，「民」這個字後來就演變成百姓大眾的意思。民主！民主！以人民為主！只不過，這些「民」都先被統治者刺瞎了一隻眼睛……

圖尼克陽：所以那個獨眼人面瘡是……

范仲淹：是的。

圖尼克陽：所以那個被刺瞎的台灣女孩是……

范仲淹：是的。

寂靜。

圖尼克陽：您到底想說什麼呢？

范仲淹：我真正想說的是，你父親還在，他在這座旅館裡，你看到的這些字謎都是他設計的，他在等你。

圖尼克陽：等我？

范仲淹：他老了，病了，等你帶他回家。

圖尼克陽：家？哼。

范仲淹：不要這樣。聽我的安排。明天晚上七點到七樓「名」居酒屋找我。（離去數步又回身）說了這麼多，猜對了嗎？第三個字謎？

圖尼克陽：（點頭）嗯。

范仲淹：很好，明晚見。

十一、「名」居酒屋

旅館「名」居酒屋。范仲淹款待圖尼克陽。
居酒屋媽媽桑台荔、家羚、家卉母女三人陪侍。
家羚高唱〈你家大門〉，並介紹字謎四。

家羚：感謝各位來賓，歡迎來到「名」居酒屋。又到了我們西夏文字藝術節字謎遊戲時間，接下來我要介紹的是第四個字謎。請上字謎卡。

上字謎卡四：

這個字也是我們這間居酒屋的「名」字。「名」（以手勢俏皮嘟嘴比劃）居酒屋！這個字與我們關係密切，一個人可以有數個這個「東西」，不過基本上會選擇一個代表自己。在古代，對於這個「東西」的取得，有一定的規矩，要先祭祀拜拜得到祖靈的認可才可以使用。

「這個」常被認為是實體本身，世間萬物，有了各自的「這個」之後，方成為具體的存在……希望我以上的解釋有助您理解字謎，如果還是不明白，沒關係，接下來的演出，還是，仍舊充滿線索。

家羚加入酒席。媽媽桑台荔勸酒。

台荔：你叫圖尼克？好特別的名字。你是土耳其人嗎？哈，冷笑話，我自罰一杯。乾！

圖尼克陽：圖尼克是英文名也是中文名，我父親……（突然住口）

台荔：啊？你父親什麼？

范仲淹：他父親取的名字。這小子提到自己父親就舌頭打結。

台荔：取名這事由不得自己，不過也不一定，長大獨立了，想改名就可以改名。最近我們母女三人也一起改名了，正要開始新人生呢。

范仲淹：改名？這年紀改什麼名？人生到了這時候，該是怎樣也已經是那個樣了。

台荔：算命大師說，名字影響一個人一生，換個名字，改改性格，運勢就大大不同，做人要積極，要當自己的主人掌握自己的命運，您說是吧!?來，敬人生，乾！

范仲淹：（望向姊妹花）你們現在叫什麼名字？

家羚：我是家羚，家庭的家，羚羊的羚！
家卉：家卉，國家的家，花卉的卉，國家的一朵花。
台荔：算命大師說，家羚太文靜，名字帶個羚字，個性會活潑些。家卉愛玩，坐不住，改個植物名，鎮住野性。不過，「家」這個字才是重點，希望他們都嫁個好人家，幸福美滿。女人要嫁人才有家。家才是最重要的。敬「嫁人」，乾！
圖尼克陽：那個算命的一定是個男人。
家卉：是啊，誰說女人要嫁人才有家。我贊成多元成家。
家羚：我還是喜歡自己原來的名字 Aiko。
范仲淹：是啊，叫愛子，有感情多了。家羚、家卉聽起來實在沒什麼想像力啊。
台荔：喔，這哪能跟您比。范仲淹！和古代北宋名臣同名同姓，多氣派！
家羚：范仲淹不僅是文學家，還是軍事家，幾場戰役打得西夏落花流水，西夏人聞名喪膽，范叔叔真的是天生要來管西夏旅館的。
范仲淹：（對家羚）家卉真會說話，只是剛好湊巧同名同姓。
家羚：我是家羚。
范仲淹：哎，不好意思，叫錯了。你們姊妹倆新名字實在太像，很容易讓人搞混啊。你咧？改叫什麼？

台荔：台荔。
范仲淹：台麗（力）？台灣佳麗？還是，台灣夠力？
台荔：哎呦，真希望台灣佳麗又獨立又夠力。不過，我是台荔，台灣荔枝的台荔。水噹噹甜蜜蜜，希望美名有美命，敬名字，乾！
范仲淹：名字的確是大學問，改名更是事關重大。旅館也一直想改名，跟上時代，不過老股東保守，一直沒通過。以前這裡叫「總督賓館」，走日本風，專做日本人生意。後來流行中國情調，旅館跟著調整。一九四九年重新裝潢，老董事長異想天開，改名「西夏旅館」，走大漠風格，也輝煌了幾年。這些年每況愈下，少老闆開始接手管事，他是留洋學管理的，一直想改名叫「台灣商務飯店」，換個經營方式，但老東家不肯，現在還爭執不下，誰也不讓。
台荔：「台灣」這兩個字好像很敏感。敬台灣，乾！
家羚：（問圖）你叫屠尼克？屠？屠殺的屠？
圖尼克陽：圖畫的圖。很少見的姓，據說祖先是中國西北胡人，混過西夏黨項羌族的血。
家卉：真的假的？你是西夏人？好酷！
圖尼克陽：假的。

家羚：我就說嘛怎麼可能，西夏人已經滅絕了。

圖尼克陽：哎，是真的，我是最後一個西夏人。

家卉：（福佬、華語交錯）哈，你是胡人，我還「蕃婆」咧。我們家也是民族熔爐喔。外公福佬人，外婆客家人，姊姊老爸是日本人，我老爸是泰雅族，我是道地番婆喔，可以叫我獾獾，不是歡歡喜喜的歡歡，是鼬獾的獾，就是前陣子鬧狂犬病的，一種很可愛的小畜生。敬獾仔，乾！（學鼬獾哼叫起來）

台荔：（制止）家卉！

家羚：（轉移話題）圖尼克!?我以為是洋名Tunick。有什麼典故嗎？

圖尼克陽：的確是從英文名字Tunick來的，父親刻意取個洋名，可能要我記得自己的「胡人」出身，哈。我很喜歡的一個美國攝影家也叫Tunick，好巧。

家羚：我知道那個攝影家，號召幾千人在公共空間一起全裸入鏡。那些照片讓人重新思考人與人、人與空間的關係。如果大家都能這樣坦誠相見，應該可以減少很多猜忌、紛爭。

家卉：聽說你來拍旅館形象照片的，你拍裸照嗎？想拍我嗎？

台荔：（制止）家卉！（緩解尷尬）在我們這個旅館裡，來來去去的，可說什麼人都有。有打算怎麼拍嗎？

范仲淹：是啊，旅館最大特色是房客來路多，故事多。

家卉：有日本黑幫老大和小歌女一夜情的私生子、有華青幫的ＡＢＣ、有台灣巴西混血、有外省老兵和原住民小母親的第二代、有假結婚或被人蛇偷渡來台的哈爾濱姑娘湖北姑娘或川娃兒……

台荔：現在越來越多印尼新娘越南新娘遼國新娘生的英俊男孩兒……

家羚：不同年代不同原因遷徙流浪的人，這裡多得是他們生下來就和這世界格格不入的悲傷故事。

家卉：聽不完的身世，演不完的戲。

家羚：有時我覺得我是在上地理課。

家卉：我們真的去買了張地圖，把聽過的故事遷移路線畫出來，像萬花筒呢。

家羚、家卉半開玩笑演起雙簧。

家卉：一九三〇年代，我外祖母就是搭船從橫濱港到高雄港。

家羚：一九五五年我父母從大陳島一江山隨撤守國民黨軍隊來台。

家卉：一九六〇年代我母親從馬來西亞跳機來台灣打工。

家羚：我祖父是反共義士。

家卉：我外祖父是台灣國總統。

圖尼克陽：我是西夏、平埔混血雜種！

家羚：又來了，真的假的？

圖尼克陽：我看起來不像嗎？

家卉：據說百分之八十五的台灣人混有原住民血統，來，敬我們這些胡人番婆。乾！

眾人笑。

圖尼克陽微醺。

圖尼克陽：（對范）母親一直以為父親不會回來了。沒想到他在這座旅館裡，他住在哪間房？

眾人沉默，氣氛怪異。

台荔打破沉默。

台荔：你先去跟美蘭嬤嬤打聲招呼吧。

圖尼克陽：美蘭嬤嬤？她是誰？

家羚：旅館最資深的房客。

家卉：老頭子的紅粉知己。

圖尼克陽：老頭子又是誰？

范仲淹：也是旅館的長期住客，一直住在總統套房裡，很神祕，沒有人知道他真正身份，據說他才是西夏旅館的幕後老闆。

圖尼克陽：（為母親責問）美蘭嬤嬤跟我父親又是什麼關係？

台荔：（緩解尷尬）大家都是好朋友。

家卉：我可以帶你去找美蘭嬤嬤。

家羚：不過，你得先把眼睛矇起來。

圖尼克陽：把眼睛矇起來？這是一種週年慶遊戲嗎？

台荔：美蘭嬤嬤訂的規矩。沒有人知道她住哪間房，除非你是美蘭嬤嬤的熟客。

家羚：別擔心，閉上眼睛，很好玩的。

家卉拿出「睜眼眼罩」幫圖尼克陽戴上。

如玩捉迷藏般，戴上眼罩的圖尼克陽被姊妹花旋轉了數圈。

家羚擊掌，火車隆隆聲，轉場。

十二、字謎四：名

家卉牽扶圖尼克陽走過旅館走廊，不斷變換電梯上下。
圖尼克陽已失去方向、耐性，欲拿下眼罩，為家卉制止。

家卉：你不能拿下來，有些東西最好不要看見比較好喔。
圖尼克陽：這電梯很奇怪，不斷往上、又往下。我們像在原地打轉。
家卉：不同的方向，不同的電梯，不同的樓層，像沿著貝殼的螺旋走道，我們正進入意識的底層。
圖尼克陽：意識的底層？
家卉：我們活在自己的想像裡。
圖尼克陽：我看不到這想像出來的世界。
家卉：旅館太大，我們只走自己習慣的路，沒有人知道這座旅館的完整形狀。
圖尼克陽：聽來像一座迷宮。

家卉：是一座迷宮啊。（停頓）噢，對了，我想談談你的妻子。
圖尼克陽：你認識碧海？
家卉：見過幾次，聊了一下，她病了。
圖尼克陽：她有嚴重憂鬱症，一直認為自己是一頭獾。
家卉：我也是一頭獾啊。（笑）不過，她真的病了，我們這商場的人都知道。
圖尼克陽：商場？
家卉：我們正轉入旅館的「寧夏文創商場」。
圖尼克陽：寧夏文創商場？
家卉：這裡什麼都有，是西夏旅館最有活力的地方。幾年前還有總統、副總統候選人來這裡拜票，結果發生了一點意外，旅館差點被查封。不過，危機就是轉機，現在西夏旅館很有名，商場也重新用文創概念包裝，很多陸客都會來這裡參觀，指定要住三一九號房，指名要買「總統牌鮪魚肚罐頭」。
圖尼克陽：幾年前？今年是幾年？
家卉：二〇一四年啊。你怎麼了？不知歲月？
圖尼克陽：（想起旅館房間停在二〇〇四年的電子鐘，覺得錯亂）今年不是二〇〇四年？已經十年了？噢，沒什麼。碧海都在這文創商場逛街？

家卉：嗯。她剛來的時候那麼美麗優雅，品味不凡，全身上下從衣服到配件都是名設計師設計的作品。可是後來我們發現，她每天都是那一身一模一樣的裝束打扮，幾乎沒有換過……

圖尼克陽：妳說每天？這樣持續了多久？

家卉：兩三個月吧。那段時間，她每天都在我們這裡轉悠，幾乎每間店員都伺候過她。她總是那麼猶豫、那麼難做決定，一件一件衣服到試衣間換，一枚一枚名家手工戒指耳環戴上又脫下。一家店待一兩個小時後一件東西都沒買。

扮演碧海、店員的演員出現在舞台邊，對圖尼克陽方向說話。

碧海：抱歉，真的做不了決定，對不起，我明天再過來。

店員：沒關係沒關係，你的品味那麼好。

戴著眼罩的圖尼克陽聽聲尋人。

圖尼克陽：啊，碧海的聲音，是碧海嗎？

家卉：噢，不是你的妻子碧海……他們是旅館「賀蘭山俱樂部」的脫口秀演員。他們正在排練。

碧海：抱歉，真的做不了決定，對不起，我明天再過來。

店員：沒關係沒關係，你的品味那麼好。

家卉：看吧，人家是在排練。我絕沒「賀蘭」（唬爛）你。

碧海、店員退場。家卉、圖尼克繼續前行。

圖尼克陽：文創商場很大嗎？有多少間店？

家卉：這裡從前面往那延伸，這邊往東西兩邊，全是設計師名店、生活雜貨鋪，樓下是美食街，樓上還有好幾層書店。對了，有時會有個男人和她在這裡碰面，對齁，我想起來了，那些時光她或者都是一邊逛街殺時間一邊在等人。

圖尼克陽：等人？什麼樣的人？

家卉：嗯，一個跟你差不多高，身材很像的人。（打量圖）噢，我突然覺得那個人和你長得很像，耳朵下方有一個蝴蝶刺青，那個刺青讓人印象深刻……我猜她肯定是那個男人的情婦。噢，對不起。

圖尼克陽：你能不能再多描述那個男人的特徵？他是不是穿著一套過時的西裝，還戴著一副復古的圓眼鏡？像從一九三〇年代跑出來的人……

家卉：嗯⁉不是耶，他穿著跟你一樣類似的襯衫牛仔褲。我們說的應該不是同一個人，不過你說的那個人的穿著打扮很像我們賀蘭山俱樂部的說書人羅乙君。你認識羅乙君？

圖尼克陽：我跟蹤過他們。（說完忙住口）

家卉：你跟蹤你太太和羅乙君？他們在幹什麼呢？

圖尼克陽：羅乙君借書給碧海。

家卉：我也常跟羅乙君借書啊。我最喜歡那本《西夏旅館》。

圖尼克陽：我房裡也有一本。

家卉：喜歡嗎？

圖尼克陽：哎，看不懂，不過碧海很感興趣。

家卉：你一定很害怕。

圖尼克陽：害怕什麼？

家卉：被拋棄。（兩人陷入沉默）

圖尼克陽：我憎恨遺棄。各種形式的遺棄。

家卉：「遺棄」？好文學的用詞！如果你太太背叛你，你會怎樣？

圖尼克陽：殺了她！

寂靜。

家卉：聽說，你殺了你老婆？

圖尼克陽：我沒有！那只是夢。我是說我作的噩夢。

家卉：欸，開玩笑的，請不要激動。我們到了。在你進去之前，我想跟你說一件事。

（在圖尼克陽耳邊說悄悄話）

圖尼克陽：真的？

家卉：（點頭）欸。是的。美蘭嬤嬤是偽造高手，舉凡古書、字畫、護照、信件等等，她都能模仿得惟妙惟肖，以假亂真。聽說她以前是在情報局工作的。不管發生什麼事，都不要相信你所看到的。

圖尼克陽：為什麼要跟我說這些？

家卉：因為，我愛上你了。

圖尼克陽：請不要開這種玩笑。

家卉：你不相信一見鍾情？
圖尼克陽：我能相信你嗎？
家卉：你說呢？
圖尼克陽：我被搞糊塗了，我不知道該相信誰。
家卉：與其相信你愛的人，不如相信愛你的人。哈。告白到此結束，進去吧。希望你能很快見到令尊，祝你好運。噢，等一下，說了這麼多，你猜到第四個字謎了嗎？
圖尼克陽：「名」字，一定要有意義嗎？
家卉：好個一語雙關！我喜歡聰明的人。我愛你！
家卉敲門，咚、咚、咚。全劇敲門聲需統一以連貫意義。

十三、美蘭嬤嬤

美蘭嬤嬤房間。

美蘭是變性人，由男演員反串。

美蘭斜倚大紅貴妃椅上，一邊哼唱《四郎探母》，一邊讀圖漢民的西夏歷史手稿。房內七隻羊或坐或趴或走動，不時咩咩鳴叫。

美蘭嬤嬤示意，一隻羊取下圖尼克陽臉上眼罩。

美蘭嬤嬤：你終於來了，請坐。

圖尼克陽：謝謝。

美蘭嬤嬤：這是《四郎探母》，你父親唸唸不忘的戲。

圖尼克陽：外省移民最愛的主題曲，父親在的時候幾乎每天都會哼上幾句（羊群騷動）。第一次見到有人把羊當寵物養在房間裡。

美蘭嬤嬤：他們是你父親寫作靈感的來源之一。

圖尼克陽：（微笑）小時候父親常說我是羊變來的。

美蘭嬤嬤：是啊，西夏黨項羌族的祖先是羊啊。

圖尼克陽忍不住數起羊隻。

美蘭嬤嬤：不多，七隻。（羊爭鬧。斥責羊的糾紛）別欺負人家，蔣介石！（再斥責另一隻搗亂的羊）毛澤東，乖乖坐好！都是你們這兩個害群之馬，搞得大家神經兮兮，雞飛狗跳。

蔣、毛兩羊：我們是羊，不是馬！

美蘭嬤嬤：閉嘴！有客人在，不要讓人以為我把你們寵壞了，你們這兩個禍害！

圖尼克陽：又是羊又是馬又是雞又是狗的，我喜歡。那些不會剛好叫宋美齡、孔祥熙、張學良、李宗仁……這些名字吧？

美蘭嬤嬤：哎，不是不是，恰好就那兩隻長得像，其他名字都很一般。牠們是唬爛、成功、滿滿、櫻花。

圖尼克陽：台灣政權縮影喔。

美蘭嬤嬤：沒那麼偉大，只是旅館買賣歷史。

圖尼克陽：這隻呢？

美蘭嬤嬤：台妹。

圖尼克陽：台妹？為什麼叫台妹？

美蘭嬤嬤：（撫愛台妹羊）上等台灣土山羊，在屠宰場看見，怪可憐的，順手買回來……老被這幾隻欺負啊。（台妹羊迅速咬走美蘭嬤嬤手上手稿）台妹喜歡玩歷史，那是你父親送給羊群的西夏歷史手稿，現在是羊兒們的最愛。

圖尼克陽：把歷史當玩意兒？好玩嗎？

美蘭嬤嬤：還挺刺激的。

圖尼克陽：聽范叔叔說，父親多年前就不再寫作了……

美蘭嬤嬤：我一直勸他重寫，花了四年多，總算完成。《如煙消逝的兩百年帝國》！四十七萬字，比第一版多了兩萬字。多了一篇西夏末代皇帝李晛死前的夢。

圖尼克陽：李晛的夢？那他一定不敢正視自己到底作了什麼夢！喔，我開玩笑的。不過，被人叫作「晛」（圖尼克陽將「晛」誤作「覞」。舞台兩側分別投影二字，左右觀眾所見不一），應該會很氣弱，人生會很倒霉吧。皇帝取名「晛」，不亡國也難。真不知他老爸在想什麼……

台妹羊：「覞」是什麼意思呢？

圖尼克陽：一個人害怕不敢正視的樣子。

櫻花羊：你有害怕不敢正視的夢嗎？

圖尼克陽：現實比夢可怕。

美蘭嬤嬤：（微笑）你和你父親真像，老喜歡拆解一個字，然後揣測、分析、虛構，最後加油添醋編起故事來。有時我真懷疑你父親寫的歷史是否屬實，我常想他那過度天馬行空的想像力應該會影響到他對歷史的考據和書寫……

圖尼克陽：沒有純粹乾淨的歷史吧。歷史是滲透了各種觀點的故事，我們都過於認真了。

滿滿羊：我想聽李睍的夢，那應該是個很恐怖的夢……西夏被蒙古徹底滅絕的惡夢。

成功羊：為什麼蒙古人那麼恨西夏人？

唬爛羊：因為成吉思汗死在西夏人手裡。

美蘭嬤嬤：成吉思汗知道西夏是蒙古擴張的最大勁敵，所以數次遠征西夏。「今日不滅西夏，他日西夏必滅蒙古」……不過英雄氣短，第六次攻打西夏首都興慶府時中了毒箭，臨終前交代一定要滅掉西夏……蒙古大軍祕不發喪連夜攻破興慶府，血腥屠城，大火焚燒三天三夜……於是這樣一個有自己文字、制服、窯工，在遼、宋、金各大國之間獨立生存的二百年帝國，便如煙消逝，從地平線上消失了。

毛澤東羊：興慶府就是今天的寧夏銀川。

蔣介石羊：我想去那裡旅遊。

毛澤東羊：有我在，你甭想。先「反攻大陸」吧。

蔣介石羊：都是你！都是你！害我不能回家！（兩羊又打鬧）

美蘭嬤嬤：去。（制止兩羊，接著說）西夏末代皇帝李晛曾經試著抵抗蒙古人入侵，但禍不單行，興慶府發生大地震，軍民死傷大半，瘟疫蔓延。為了百姓著想，李晛主動前往蒙古人營帳跪求和平，但蒙古人百般羞辱將李晛下放牢獄。斬首前晚，李晛知道大勢已去，國家要亡了，痛苦寫下一字遺囑。一個字，如夢似幻。總結了自己的命運，也結束了一個有兩百年歷史的王朝。

上字謎卡五：

圖尼克陽：我認得這個字。父親總是貼在他書房門上代替春聯。母親有時會說這個字不吉利，會招來鬼神，讓人生病。

美蘭嬤嬤：（有些輕蔑）你母親認得幾個字？

圖尼克陽：請尊重我的母親，雖然她未受過高等教育……

美蘭嬤嬤：（緩解對立）你講話的神情真像你父親，幾乎是你父親年輕時候的翻版。

圖尼克陽：我不是我父親的影子，我是我自己。
美蘭嬤嬤：你是誰？你又了解自己多少？
圖尼克陽：我……（語塞）
美蘭嬤嬤：（翻看手稿）還想聽李晛的夢？
圖尼克陽：請繼續。
美蘭嬤嬤：死前一晚，李晛夢見自己變成了一隻羊，這隻羊又作了一個夢，夢見自己變成一個十五歲少年，這個少年因為另外一場戰爭，離開中國，輾轉抵達印度，最後到了台灣。
圖尼克陽：（不置可否）這是我父親的故事吧。他又把西夏歷史和自己的故事混在一起了。
美蘭嬤嬤：這不只是你父親的故事，這是「我們」的歷史。
圖尼克陽：「我們」是誰？我們從哪裡來？我們為何在這裡？我們仰望哪裡？（停頓）與其相信「我們」的歷史，我寧願聽信羊的故事。
美蘭嬤嬤：其實真正喜歡《四郎探母》的是你新祖母胡靜。她深深影響著你父親。來，陪我看戲。旅館慶祝週年慶，羊兒們要為大家演出李晛的「夢」，那個你父親貼在書房門上的字。

美蘭嬤嬤哼起《四郎探母》。

轉場。

十四、羊戲

羊群推入滿載行李箱的旅館行李車。

從行李箱拿出衣服打扮、佈置場景，準備演出圖漢民家族的逃亡故事。

唬爛羊：羊少年圖漢民家族的逃亡故事與修築鐵路有關。故事的擺動像條不祥的蛇，蜿蜒爬進中國西北漫天的飛沙之中。

蔣介石羊：關於這塊土地上的鐵路歷史，交織著外敵入侵和租地賠款的欺凌羞辱。

台妹羊：膠濟鐵路。中東鐵路。正太鐵路。南滿鐵道株式會社……

成功羊：法國、英國、比利時、日本、德國、俄國……

毛澤東羊：那些船堅砲利的鐵道人像科幻外星人入侵，那兩條可以無限變長的洋玩意兒，像孫猴子頭上的緊箍兒，緊緊勒著中國神州大地。

櫻花羊：他們運走我們的煤，挖光我們的鐵。

滿滿羊：如果說當年那些《馬關條約》、《天津條約》、《辛丑和約》是一紙紙西天如來佛祖鎮在五指峰上的符籙，那一條條成雙的白銀鐵軌，可才是真正厲害掏空這塊土地精血的妖精法物。

唬爛羊：於是有一群中國人決定自己蓋鐵路。

唬爛羊擔任導演，分配角色。

唬爛羊：蔣介石飾演十五歲的羊少年圖漢民。毛澤東飾演羊少年圖漢民的父親圖建國，台妹飾演圖建國的新婚妻子，圖漢民的後母胡靜。胡靜抱的嬰兒是少年剛出生的新弟弟圖夏白。你們三人之間，不，四人（指著嬰兒），有著極大矛盾，少年覺得在家裡的地位備受威脅。

台妹羊懷抱嬰孩與毛澤東羊坐上行李箱，蔣介石羊站在他們身後。

唬爛羊幫三人調整位置姿態，準備拍攝家族照片。

排助滿滿羊拿圖漢民寫的西夏手稿唸舞台提示。

滿滿羊：一九四九年。中國寧夏賀蘭山下西夏王陵附近交通部平津區鐵路管理局包寧段工程籌備處。

十五歲羊少年圖漢民的父親圖建國，帶著女知青新婚妻子胡靜及剛出生的小兒子，還有正值青春期叛逆陰沉的大兒子，隨著國民黨西北鐵道勘察隊繪製一張看不見的地圖。他們在測量一條「將來會鋪設在那兒的鐵道」，隴海鐵路。

一九四九年初，蘭州淪陷，共產黨軍隊分別向青海、河西走廊、寧夏進擊。羊少年的父親圖建國，這位鐵路測量員接到上級的撤離命令，準備帶著家人離開，離開前臨時起意決定拍一張以西夏王陵為背景的家族照片。

角色準備就緒，發現少了一個攝影師。導演唬爛羊招喚圖尼克陽。

唬爛羊：剛好少一個攝影師。麻煩幫我們客串一下。

圖尼克陽被推入演出，客串臨時攝影師角色。

圖尼克陽為「祖父母、父親、叔叔」拍照，導演唬爛羊在旁解釋。

唬爛羊：（對圖尼克陽）你祖父決定帶著家人離開那天，拍下了這張照片。照片中的每個人都在那艱苦的逃亡過程中作了夢，夢見了過去他們所欲隱藏的，以及未來他們所恐懼的。透過這些真假交織錯亂難辨的夢，關於這個家族的離散故事得以拼湊完成。

圖尼克陽：麻煩大家看鏡頭。請看我這邊。（糾正台妹羊視線）飾演胡靜的羊，請看這裡，不要看向畫外。謝謝。（結束家族肖像的拍攝）

圖家三角色：謝謝。

圖尼克陽：不客氣。

唬爛羊做個手勢，燈光轉換。

胡靜抱著女嬰坐進行李車。

圖建國父子推車，音樂入，行進，開始演出艱苦逃亡。

迦陵頻伽樂團適時伴以「胡音」。

滿滿羊：沒有任何資料記載圖尼克祖父那行人一九四九年的南遷逃亡長征。他們由寧夏一帶出發時有多少人？待翻越青康藏高原時剩多少人？一群國民黨西北行政官員、土木技師和鐵路測量員，灰頭土臉嘴唇發白兩眼呆滯而恐懼，他們在死亡的陰影籠罩下艱苦逃亡，據說即是傳說中西夏帝國遭蒙古鐵騎破城、屠戮、滅種之後的「最後一支西夏騎兵」逃亡的路線。

唬爛羊：羊少年圖漢民作了夢，夢見了最後一支騎兵的滅亡。

羊少年圖漢民：我們是被神遺棄的一支騎兵隊。逃亡的馬蹄如驟雨打在乾燥的沙漠上，沒有回音，有時我們會產生這樣的幻覺，仿佛靈魂脫離身體，可以從高空鳥瞰自己小小的身體。看著我們那一支失魂亡命的西夏騎兵，在狂奔靜默中計算自己是否離那核爆般的滅城場景越來越遠，免於被蒙古騎兵追上，屠殺的命運。

櫻花羊：我們那麼小，那麼絕望，被整個族在一夕之間完全覆滅的恐怖場景繼續驚嚇。一整座城裡的黨項人，轟然一聲，就從這地表消失。

胡靜：有幾次我的身體裡發出尖叫：「我走不動了！」那不是我在說話，是我的肝臟在說話！我捂著嘴巴害怕那聲音被人聽見。

成功羊：最初幾天，我們通常是坐在馬鞍上一顆一顆兩腿失去知覺地尿在褲子上，那種風乾成鹽粒的尿騷混合牲畜的臭味，比死屍還臭，連禿鷹都不想吃哪。但後來我們幾乎都沒有尿了。有尿時我們得勒韁停馬，珍貴地捧著自己喝下去。

圖尼克陽原本在旁觀看，忍不住拿起相機拍照，彷如劇照師。

圖建國：我知道我們幾個人都會死。我們的死意味著西夏黨項羌的全族覆滅。像汗珠滴落在被烈日曬得赤紅的馬刀刃上，化為輕煙。

滿滿羊：是的，那就是滅種。真真實實地滅種。

羊少年圖漢民：那種巨大的哀傷，比死亡還威懾著這支孤零零奔逃的隊伍。每個人都恍惚地想，我們就是這地表上僅存的幾個黨項人了……我們真的被神遺棄了，我們的王墳被成吉思汗那些野蠻騎兵給踩破了，我們在這樣的逃亡中，慢慢變成怪物。

圖建國：我們逐漸褪去人的質素。

唬爛羊：我們終於變得人不像人了。

唬爛羊揮手指示停車休息。眾角色睡去。

圖尼克陽持續拍攝，但不干擾羊戲演出。

滿滿羊：圖建國作了夢，夢見了他最恐懼的事。

底下的戲，無台詞，觀眾只聽見快門聲。

男嬰哭泣，胡靜醒來，拉開上衣哺乳。

羊少年圖漢民也醒來，又渴又飢，見胡靜胸脯，吞咽口水。

胡靜招喚羊少年圖漢民。

羊少年圖漢民埋進胡靜胸脯，如孩子吸吮奶水。

放大快門聲。

突然胡靜痛叫，撫著自己的胸部。羊少年圖漢民抹自己嘴角，有著胡靜的血。

圖建國聽到胡靜聲音驚醒。

圖建國拉開羊少年圖漢民，打了胡靜耳光，再推倒兒子，腳踹狂毆。

羊少年圖漢民昏迷過去。

胡靜看狂怒的圖建國，高舉男嬰，嬰兒尖哭。

圖建國停下動作，瞪視胡靜。

二人對峙。

圖建國推車離去。

胡靜看地上昏迷羊少年圖漢民，再看圖建國離去背影，安撫哭泣男嬰，尾隨離去。

台上僅剩昏迷羊少年圖漢民。

滿滿羊：就是在那兒，中國西藏高原某處，羊少年圖漢民被父親遺棄了。

唬爛羊：最後決定離開羊少年圖漢民的胡靜，也作了一個夢。她夢見這個咬下她乳頭的少年被一隻迦陵頻伽鳥所指引，安全回到了她的身邊。

迦陵頻伽鳥吟哦聲揚起。

羊少年圖漢民醒來，渾身疼痛，痛苦起身張望，發現只剩自己一人，驚慌四處尋找父親，終知自己被遺棄，忍不住坐下埋首哭泣。

圖尼克陽靠近羊少年圖漢民拍攝特寫。

羊少年圖漢民意識到相機，抬頭看著相機鏡頭。

他對相機做了許多恐懼哭泣絕望表情。

圖尼克陽後退，羊少年圖漢民前進，亦步亦趨，相機操控了兩人的互動，圖尼克陽開始主導演出。

兩人隨以下旁白繞行至旅館瑪旁雍錯蓮池。

滿滿羊：這樣走了二十公里路之後，羊少年圖漢民終於抵達聖湖瑪旁雍錯。

成功羊：眼前的聖湖廣袤而壯麗，清靜而靈妙，她的形狀像一朵盛開的八葉蓮花，有如八咫神鏡一樣金光晃曜。

櫻花羊：湖水清澄，在碧空下宛如深藍色琉璃。

唬爛羊：隔著湖面在西北方向聳立雲表的，就是靈峰岡仁波齊；靈峰周圍環繞著一重又一重的雪山，就像是五百羅漢圍繞在釋迦牟尼佛四周聆聽世尊說法般。

成功羊：身處這樣一個神聖的場所，少年頓覺所有飢餓乾渴之難、雪峰凍死之難、重荷負載之難、荒野獨行之難、身皮腳傷之難等，都為此靈水滌除淨盡，整個人無比空靈自在，彷彿達到了忘我之境。

櫻花羊：這裡被視為世上唯一淨土，湖泊中央盛開著肉眼看不見的碩大蓮花，大小有如極樂世界的蓮花，上面住著諸佛與菩薩。

滿滿羊：附近生長著珍貴百草，還有每一聲啼囀都美妙如極樂淨土三寶的迦陵頻伽鳥。

十五、字謎五：夢

圖尼克陽、羊少年圖漢民互動陷入制約迷幻。迦陵頻伽鳥歌聲如佛經吟唱。

羊少年圖漢民：你是誰？
圖尼克陽：我是你的未來。
羊少年圖漢民：（指相機）這是什麼？
圖尼克陽：迦陵頻伽鳥。
羊少年圖漢民：（聽快門聲）它正唱著歌。
圖尼克陽：（連按快門）你的生命之歌。
羊少年圖漢民：「我」又是誰？
圖尼克陽：你只是李睍的「夢」。

美蘭擊掌，打斷演出。

美蘭嬤嬤：再演下去，你就要改寫你父親的歷史了。

圖尼克陽：父親的故事，實在過於……過於戲劇化。

美蘭嬤嬤：歷史哪有不戲劇化的!?這裡還有更小說，更劇場的。（遞手稿給圖）

圖尼克陽：（翻看手稿）看不懂。都不是漢字。父親用西夏文寫的？

美蘭嬤嬤：也許是西夏文，也許是你父親新發明的文字，無人看得懂。我只知道你父親用了七個單字，描述整部西夏歷史，也比喻了自己的一生。篡奪、殺戮、禁錮、離散、逃亡……文明的興起、生存的競爭、種族的滅絕、愛的背叛與遺棄的哀傷……一個字引爆千種想像，映照歷史的千種面向。你父親是個天才。

圖尼克陽：哪七個字？

美蘭嬤嬤：（若有所思微笑）你說呢？你怎麼看待自己的歷史？

圖尼克陽：父親活在歷史裡，依賴文字緬懷過去。攝影講究瞬間，我只在乎當下。

這是我們父子最大不同的地方。

美蘭嬤嬤：彼時和當下，你們一個沉浸歷史，看向過去，一個專注當下，不知未來。看來矛盾衝突，其實一體兩面，像一個人的大腦，左腦掌管文字，邏輯理性，右腦擅長圖像，直覺感性，你們是同一個大腦，同一個人啊。

圖尼克陽：我不相信文字。

美蘭嬤嬤：你不相信歷史。

圖尼克陽：我更不相信影像。

美蘭嬤嬤：你不相信自己……其實，你深深愛著你的父親。

陷入長長的沉默。

美蘭嬤嬤：（抽出一封信）你父親寫了一個字給你。

圖尼克陽：一個字？（打開信紙，發現頁面空白，展示空白，搖頭）他真的都沒變，總是吝嗇給予。

美蘭嬤嬤：你以為歷史的解讀如此容易？真相是要付出代價的。你父親說你一定摸不著頭緒，他果然猜對了。去找安金藏吧，

圖尼克陽：安金藏？

美蘭嬤嬤：旅館的活動總監，那個幻象大師。知子莫若父。你父親早安排好了安金藏在你需要時協助你。

圖尼克陽：他還是喜歡拐彎抹角罵人，寧願相信別人，也不願相信自己的兒子。

美蘭嬤嬤：去吧，你終會了解的。（意味深長微笑，率眾羊退場，只留下圖尼克陽和櫻花羊。）

圖尼克陽：（突然想起什麼，遙問）我父親還好嗎？

美蘭嬤嬤：你父親得了白內障，已經看不見了。

圖尼克陽乍聽父親近況，整個愣傻。

十六、有影劇場

櫻花羊拿睜眼眼罩要幫圖尼克陽戴上。

櫻花羊：我們總是見到自己想見的，不想見的就漸漸習慣視而不見。

圖尼克陽：（對櫻花羊意亂情迷）我以前見過你嗎？你好面熟。如果你不是一隻羊，我會覺得你是我死去的妻子。

櫻花羊：你太太死了？

圖尼克陽：噓，不要告訴人。

櫻花羊：（點頭）這件事只有羊知道……你一定很寂寞。

圖尼克陽：我喜歡你眼珠的顏色，我妻子也有一雙淡褐色帶點灰綠的眼睛。

櫻花羊：她也是一隻羊？

圖尼克陽：她是澎湖人，不過祖籍泉州，一個懂顱相學的長輩說，我妻子的祖先肯定混過阿拉伯人的血，泉州可是十四世紀的紐約，世界中心之都。她和你一樣，白皮膚、高鼻梁、灰綠色眼珠……肯定不是純種漢人。

櫻花羊：我也不是純種的日本羊……安總監在「興慶府宴會廳」等你。請矇上眼睛吧。

圖尼克陽：可不可以不要矇上這玩意兒，我想「光明正大」地走路。

櫻花羊：（笑）你真幽默。

圖尼克陽：你笑起來好像碧海，噢，碧海是我的妻子的名字。

櫻花羊：我知道。我聽獾獾提過。

圖尼克陽：獾獾？

櫻花羊：是的，那對姊妹花的妹妹。

圖尼克陽：我想起來了，我們曾經一起喝酒聊天。

櫻花羊：他們一定跟你說一大堆關於改名的故事，他們總是在說這個無聊的笑話。遇見不同的客人，就改不同的名字，一下子家羚家卉，一下子藹玲磬玲，一下子薇中媛中……

圖尼克陽：也許他們只是愛開玩笑。

櫻花羊：名字這件事不能開玩笑。

圖尼克陽：你好嚴肅。

櫻花羊：我也想改名。
圖尼克陽：想改成什麼？
櫻花羊：蝴蝶。
圖尼克陽：蝴蝶？一隻羊叫櫻花已經夠奇怪了，還要改名成蝴蝶？為什麼？
櫻花羊：我喜歡蝴蝶，尤其是「迷幻之蝶」，台灣的國寶！你知道「迷幻之蝶」嗎？
圖尼克陽：當然知道，學名是寬尾鳳蝶，台灣是有名的蝴蝶王國啊。而且，我是一隻蝴蝶！
櫻花羊：啊？

圖尼克陽給櫻花羊看腹部下方的一塊胎記。

圖尼克陽：胎記。像不像一隻蝴蝶？
櫻花羊：真的好像耶。
圖尼克陽：你有沒有見過一個跟我差不多高，耳朵下方有蝴蝶刺青的人？
櫻花羊：他是誰？
圖尼克陽：一個男人，曾經和我妻子約在寧夏文創商場見面。

櫻花羊：誰告訴你的？
圖尼克陽：家卉。
櫻花羊：不要相信那對瘋瘋癲癲的姊妹花，他們喜歡演戲。
圖尼克陽：演戲？
櫻花羊：是的，他們都是安金藏魔術秀的助理，都是很好的演員，你怎能相信演員做的事說的話呢？
圖尼克陽：你呢？你不也是演員？我能相信你嗎？
櫻花羊：（笑）我不太會說謊，一說謊就臉紅，其實不太適合當演員。不過，我希望能成為好演員。只是，人好難演……我還是乖乖當一隻羊好了。
圖尼克陽：能夠當一隻羊也不錯。碧海常認為自己是一隻獾，她病了。（陷入沉思）
櫻花羊：很抱歉，讓你想起不愉快的事。
圖尼克陽：沒事。
櫻花羊：你一定很愛碧海，希望也有人這樣愛我。
圖尼克陽：會的，你一定會遇到很愛你很愛你的……羊。
櫻花羊：（笑）你真會說話。
圖尼克陽：我們走吧。

櫻花羊：請戴上眼罩。

圖尼克陽：我真的不想戴這玩意兒，我實在無法糊里糊塗搞不清楚自己在哪兒被人牽著鼻子走。

櫻花羊：我不是人，我也不會牽著你的鼻子。（笑）好啦，不開玩笑了。（沉思一會兒，轉嚴肅）不矇上眼睛可以，不過你得答應我不管你看見什麼都不可以問為什麼，也不可以回頭。

圖尼克陽：回頭？

櫻花羊：我們會經過一座劇場，劇場叫作「有影」。你可能會看見你不該看見的……

圖尼克陽：有影劇場!?聽來很有趣啊，不過，劇場裡演的多是虛假的，多是無影的代誌，取名「有影」，是故意反諷喔？

櫻花羊：哎，我是認真的。有影無影，真真假假，隨在人講。

圖尼克陽：如果我開口問為什麼或我回頭看了呢？

櫻花羊：整座旅館就會消失。

圖尼克陽：整座旅館就會消失？這是一種比喻嗎？

櫻花羊：這座旅館是由各種想像和隱喻搭成的……

圖尼克陽：越說越玄了。好，我不多問，不多看，非禮勿視，非禮勿言。有非禮勿聽嗎？

櫻花羊：（笑）有的。到了興慶府，你就會知道什麼是非禮勿聽啦。我們走吧。

二人欲走，圖尼克陽突然小腹疼痛。他抱著肚子，低下身，明顯不適。

櫻花羊：你怎麼了？

圖尼克陽：肚子痛。

櫻花羊：吃壞肚子？

圖尼克陽：（搖頭）可能是……這附近有洗手間嗎？（在櫻花羊耳邊說了悄悄話。

櫻花羊表情驚訝，打量圖尼克陽，無法置信。）

圖尼克陽又說了些悄悄話。櫻花羊點頭，釋然，帶他往洗手間去。

圖尼克陽入洗手間。櫻花羊在旁靜候。他突然探出頭詢問。

圖尼克陽：你有那個嗎？可不可以借我一塊？或這附近哪裡可買到？

櫻花羊：（笑）這麼剛好，我也那個來。（掏出一片衛生棉給他）

抽水馬桶聲。

圖尼克陽出廁所，有些害羞對櫻花羊微笑。

櫻花羊：這個牌子挺好用的，還有蝴蝶翅膀，習慣嗎？

圖尼克陽：謝謝。當女生真麻煩。

櫻花羊：這是力量的展現，表示我們有創造的能力，那是其他男生所沒有的，你應該感到高興。我們走吧。

二人繼續往與慶府宴會廳前行。

光影逐漸變暗。

櫻花羊：我們要進入「有影劇場」了。記得，非禮勿視，非禮勿言。

最後的「非禮勿言」四字產生了回音。

圖尼克陽聽到回音，嚇一跳，摀住嘴點頭，忍不住四處張望。

燈光又更暗。

二者步入「有影劇場」。光影幢幢。

突然，圖尼克陽看見對面迎來二人。

細看，發現是自己和櫻花羊的倒影。

圖尼克陽愣傻，幾乎要叫出來了。

櫻花羊提醒圖尼克陽勿視勿言。

圖尼克陰和「另一隻櫻花羊」似乎未看見圖尼克陽，神色自若談笑經過。

圖尼克陽：（終究忍不住回頭）那不是我！

圖尼克陽聲音「那不是我！」反覆迴響。

櫻花羊：西夏旅館要消失了！

「西夏旅館要消失了！」回音不絕。

燈光漸滅，陷入一片黑暗。

西夏旅館消失。

【陽本結束】

陰本

場次

角色

主要角色分兩群，一是主角圖尼克及其家族，含祖父圖建國、二祖母胡靜、父親圖漢民、母親潘剌桐、妻子碧海等。

二是蝴蝶旅館工作人員及住客，含總經理范仲淹（阿姨）、活動總監安金藏、「玉山」俱樂部說書人羅乙君、居酒屋媽媽桑台荔家羚家卉母女三人、旅館駐唱藍白拖大樂團與女主唱白琴、長期住客美蘭嬤嬤等。

另有多名次要角色。

舞台

陰本舞台：蝴蝶旅館黃、綠、台灣紅、青、中國紅、藍、白等七個房間。此七色是從光的三原色變化而來。整個演出以色光分別及串聯場次。燈光需特別強調各房間顏色。

西夏旅館或蝴蝶旅館皆是劇中主角寫真裝置藝術家圖尼克的主觀投射和想像產物。演出空間所有陳列須以圖尼克主觀視角出發。整個演出是圖尼克的腦內歷險、創作過程、自我尋求及失眠幻夢。

一、陰本

羅乙君登場。

羅乙君：我是玉山俱樂部說書人羅乙君。我回來了。他們，那些人，要找的人是駱以軍。我是羅乙君，不是駱以軍，差點張冠李戴……

看完陽本圖尼克尋找父親的故事後，接下來演出陰本圖尼克尋找母親的故事。如果在看的過程發現陽、陰二本故事相互矛盾或邏輯不一，請不要太在意，我們只是換了一個角度說故事，你可以選擇相信陰本，推翻陽本，也可以堅信陽本，質疑陰本。當然也可兩者都信，或兩者都不信。

總之，請繼續觀賞，也請特別留意由小說所增生出來的細節、人名、事件，演出已脫離小說另行發展，故事已偏離真實任人改寫。

二、黃色房間（I）

「迷幻之蝶」影帶。不同於陽本，此處影片刻意做成負片效果。

蝴蝶旅館黃色房間。槍聲（快門聲）。

圖尼克陰手握一張黃色房卡從槍擊惡夢驚醒。

圖尼克陰拿下防失眠「睜眼眼罩」，看著黃色房卡努力回想到底發生了什麼事。

家羚只著性感內衣褲，頭戴碧海曾經戴過的可愛「獾」造型毛帽坐在床尾翻閱《蝴蝶書》。此畫面需讓人聯想到陽本夢遊的碧海。

家羚：醒啦？

圖尼克陰：家羚？

家羚：酒還沒醒？我不是家羚，我是家卉！

圖尼克陰：家卉？（想，頭痛）你們姊妹……（摸頭）好痛。

家羚：誰叫你喝那麼多。

圖尼克陰：這是哪裡？

家羚：西夏旅館啊。

圖尼克陰：西夏旅館？那不是一座已經消失的旅館？

家羚：你瘋啦？我們剛剛還在旅館七樓「名」居酒屋和我媽媽、妹妹喝酒。

圖尼克陰：（回想）我記得有一隻叫作櫻花的羊大喊西夏旅館消失了。

家羚：一隻羊？什麼羊？

圖尼克陰：一隻想改名叫作蝴蝶的羊。

家羚：到底是櫻花還是蝴蝶還是羊？你真的喝太多了。

圖尼克陰：（看家羚衣著暴露，深覺疑惑，但又想不起來到底發生什麼事）你……

家羚：我？（看自己身體）

圖尼克陰：我……

家羚：你？

圖尼克陰：哎，對不起。

家羚：什麼對不起？

圖尼克陰：我真的都想不起來了。對不起。

家羚：沒關係，書上都有寫。（指了指手上的書）

圖尼克陰：你在讀什麼？

家羚：《蝴蝶書》。《西夏旅館》陰本。

圖尼克陰：《西夏旅館》陰本？所以，「西夏旅館」是一本書？我們是書中的角色？這倒底是怎麼一回事？

家羚：人生就像一本大書，大家都是書裡的角色，一起發生了些事，構成了些情節，有什麼好大驚小怪的？

圖尼克陰：我們既是讀者也是角色？你讀到了什麼？

家羚：（翻弄書頁）過去、現在、未來同時存在……

圖尼克陰：你讀到了自己的未來？

家羚：也看到了你的命運，不過這只是我的觀點。你可以有你自己的獨特閱讀方式。當然也可以藉由觀點的改變，改變自己的命運。

圖尼克陰：未來？命運？你可以預知我的命運？你到底是誰？你們是不是聯合起來騙我？（看牆上的電子數字鐘，時間停在二〇二四年三月十九日二十三點五十九分）這鐘壞了，今年是幾年？

家羚：二〇二四年。鐘沒壞，只是時間暫停，像一張照片，時間就凝結在哪兒了。

圖尼克陰：（環視觀眾）這是一齣戲嗎？你看起來像個演員。有一頭羊告訴我不要

相信演員……還是，這是一場夢？是的，這是夢，西夏旅館是一場夢！我現在一定是在夢裡，我不要醒來。（氣惱躺下用床單蒙頭）

家羚開始穿衣。一會兒圖尼克克陰又起身，對話重來一遍，不知孰真，孰夢。

圖尼克陰：家卉？

家羚：酒還沒醒啊？我不是家卉，我是家羚！

圖尼克陰：家羚？（想，頭痛）你們姊妹……（摸頭）好痛。

家羚：誰叫你喝那麼多。

圖尼克陰：這是哪裡？

家羚：蝴蝶旅館啊。

圖尼克陰：什麼時候改名成蝴蝶旅館？

家羚：一直是蝴蝶旅館啊。你手上的黃色房卡可以證明。

圖尼克陰：（看手中黃色卡片）這是房卡？

家羚：你現在在蝴蝶旅館的黃色房間裡。

圖尼克陰：家卉不是要帶我去見我父親？

家羚：什麼父親？

圖尼克陰：范叔叔說我失蹤的父親隱身在西夏旅館裡。

家羚：你在胡言亂語什麼，你不是我們蝴蝶旅館清潔部潘刺桐阿姨的兒子？你不是說要來調查刺桐阿姨失蹤的事？你還沒長大噢，一下子找爸爸，一下子找媽媽……

圖尼克陰：我……我來尋找母親？

家羚：不記得了？

圖尼克陰：很模糊，想不起來。

家羚：記憶不牢靠。別想了，相信當下你看見的。

圖尼克陰：我該相信你？還是相信自己？

家羚：別老是我、我、你、你的。我就是你。你就是我。（傳來〈望春風〉音樂）快穿好你的衣服。「台灣之光」寫真比賽要開始了。

圖尼克陰：「台灣之光」寫真比賽？

家羚：獵人頭啊，用相機出草。

圖尼克陰：相機出草!?這是旅館的週年慶活動？

家羚：（嚴肅）不，這是殘酷的生存遊戲。你得獵到「台灣之光」，否則你無法進入旅館。

圖尼克陰：我們不是已經在旅館裡？

家羚：旅館裡還有一座旅館。

圖尼克陰：這又是什麼？迷宮冒險遊戲？我到底是在西夏旅館還是蝴蝶旅館？

家羚：看你由什麼角度看囉。有時這裡被稱作西夏旅館，有時被稱作蝴蝶旅館，名稱隨時空背景事件人物變化，有許多因素……。

圖尼克陰：什麼因素？

家羚：政治因素啊。

圖尼克陰：旅館名稱和政治也能扯上關係？我被你們搞得錯亂了。

家羚：你不是一直很錯亂？

圖尼克陰：我……（語塞）你到底是誰？

家羚：我是你的守護神、小天使。

圖尼克陰：如果你是我的小天使，那請告訴我，我是誰？

家羚：（拿出綠色房卡）小天使為你帶來了綠色房卡。每一張房卡開啟一個房間，每一個房間通往一個故事，旅館裡還有旅館，房間裡還有房間。「我是誰大冒險」要開始囉。有本事來拿綠色房卡！（挑逗，把綠房卡啣在嘴裡，跑開）

圖尼克陰：（錯亂）哎，家卉，不，家羚……哎，家卉，等等我……（追上）

三、綠色房間

蝴蝶旅館綠色房間。旅館駐唱「藍白拖大樂團」和女主唱白琴準備演出。演出者都穿藍白拖鞋。阿羌變換性別改名成了Tomboy白琴。家羚加入樂團。圖尼克陰坐進觀眾席成了賓客。主持人羅乙君登場。

羅乙君：（對觀眾）大家好，歡迎回到蝴蝶旅館綠色房間與我們歡度週年慶。接下來進行本週年慶壓軸活動「台灣之光」寫真比賽。何為「台灣之光」？如何透過相機寫真台灣之光？有無更新的觀點？你的角度是什麼？針對寫真比賽，我們設計許多演出，提供不同故事讓大家隨興拍照自由寫真。旅館高級主管還粉墨登場親自表演呢。首先是藍白拖大樂團白琴小姐領銜，為大家帶來〈流浪天涯三兄妹〉。祝大家相機出草，獵取台灣之光愉快。

白琴扮演「阿兄」，家羚扮演「大妹」，家卉扮演「小妹」。

三人唱演〈流浪天涯三兄妹〉。

大妹：「阮那會這歹命，無人倘好晟。每日隨著阮阿兄，搬山又過嶺。」

小妹：「山嶺的晚風吹聲，親像媽咪的叫聲。若想起媽咪形影，給阮心疼痛。」（哭泣，口白）「阿兄阮真艱苦啦！」

大妹：（口白）「阿兄阮要找媽咪啦！」

阿兄：「小妹妹愛忍耐，提出勇氣來。咱的運命天安排，何必流目屎。隨著阿兄走天涯，期待幸福的將來。有時拵親像風颱，也是著忍耐。」

阿兄：（口白）「阿卉你著愛乖乖，一切的艱苦著愛忍耐。隨阿兄來去來去找媽咪，阿羚，不倘哮啦！妳不倘哮啦！」

三人：「彈吉他唸歌詩，已經過五年。」

阿兄：「做著一個流浪兒，也是不得已。」

大妹、小妹：「心愛的我的媽咪，怎樣放阮做你去。」

阿兄：「小妹妹不倘傷悲，阿兄在身邊。」

此曲結束，接唱〈為著十萬元〉。

家羚扮演「女兒」。范仲淹反串「阿母」登場。

女兒：「自細漢就來失去了父母溫暖的愛，無依無偎流浪走東西。環境所害，所以不得已，墮落在煙花界，望天保佑早日出苦海。（口白）阿母，人我明仔載就不免去出勤呢。」

阿母：「是啊，明仔載你就自由囉。」

女兒：「噫！阿母你哪會知影？」

阿母：「哪不知，早起習先生有來，我已經將你賣給伊，聘金也提了。」

女兒：「呀？不是啦！是另外有一個蔡小姐提一萬元要來給我贖身。」

阿母：「哼！一萬元！你都也講會出來。」

女兒：「阿母！你以前不是講有了一萬元就會凍給我自由？也……這拵……」

阿母：「這拵麼……這存無同款囉。一定要十萬元才會用咧。我就是將你賣給習先生十萬元。」

女兒：「可是，蔡小姐和我情投意合。阿母，我，我不愛習先生，我愛蔡小姐，我不啦！」

阿母：「你愛蔡小姐？女人愛女人？你起肖啊你，這是不可能的代誌……阿嘸，十萬元提來。也若無十萬元，死著免講！」

女兒：「阿母！十萬元，十萬元，十萬元啦！（唱）自今後就來失去了幸福，美滿的愛，不知不覺傷心流目屎。環境所害，所以不得已，反背妳真情愛，無疑苦花像小船遇風颱。」

羅乙君：小時候隨阿兄流浪，長大做煙花女。可憐的孤兒，悲慘的運命，親像受風吹落地的雨夜花。「我們」不值錢，隨人黑白賣。

台上演出結束，眾人退場。

圖尼克陰欲與羅乙君說話，范仲淹複製「陽本第七場」戲劇動作，半路殺出攔住圖尼克陰。

范仲淹：圖尼克！

圖尼克陰：范叔叔好。

范仲淹：叫我范阿姨。

圖尼克陰：范叔叔好入戲。

范仲淹：叫我范阿姨。

圖尼克陰：我以為您只是反串演出，只是暫時……
范仲淹：世上沒有永恆不變的事。要做自己，這很重要。
圖尼克陰：恭喜您，范叔叔。
范仲淹：欸？
圖尼克陰：祝您幸福，范阿姨。
范仲淹：謝謝。也祝你早日找到自己，幸福圓滿。
圖尼克陰：找到自己？
范仲淹：（若有所思微笑）噢。你會漸漸明白的……總之，謝謝你為我們提供的「台灣之光」寫真比賽創意。旅館活動部按你的構想，發展了許多戲劇演出讓週年慶賓客觀賞寫真，現在整座旅館成了攝影棚。希望你能為大家示範如何獵取「台灣之光」，大家很期待你的作品呢。
圖尼克陰：謝謝范阿姨邀請，我很樂意參加。不過，我是為母親離家的事來的……
范仲淹：關於你母親失蹤的事，非常抱歉，實在無法告訴你太多。不過，你也不用太過擔心，依我對你母親的了解，她只是想擁有自己的房間。我是說旅館裡的房間這麼多……何況旅館裡還有一座旅館，你母親不過是在某個房間裡，不想被打擾……
圖尼克陰：母親一直希望獨立，擁有自己的房間……

范仲淹：關於你母親的故事，我們編了一小段演出，提供給週年慶賓客觀賞拍照，十分歡迎你加入。由你來拍攝母親的故事，一定更能捕捉到獨立的精髓。

圖尼克陰：母親追求獨立的故事也成了戲劇？這太誇張了吧？

范仲淹：誰的人生不是誇張的戲劇呢？……（遞「台灣紅」房卡給圖）台灣紅！你母親最愛的房間。旅館員工在那兒上演你母親的故事，去吧，看戲愉快，出草順利！

四、台灣紅房間

台灣紅房間。蝴蝶旅館員工演出圖尼克母親潘刺桐的故事。圖尼克陰坐回觀眾席觀看、拍照。羅乙君開場。

羅乙君：二〇二四年中國廈門爆發嚴重傳染病，病毒隨中國遊客擴散來台，蝴蝶旅館首當其衝，發生了第一起死亡病例。為了防堵疫情擴散，旅館緊急封館，所有人與外界隔離。圖尼克的母親潘刺桐當時在旅館的清潔部工作……六十九天後，旅館解除封鎖，圖尼克的母親卻失蹤了。有人說她避居台灣北部山區的部落，也有人說她隱居在台東海岸天天看著太平洋旭日升起，不過，大部分的人說，她還在這座有如迷宮般無法窺知全貌的旅館裡。

扮演「潘刺桐」的旅館員工懷抱「禵褓」道具登場。

禵褓由台灣紅花巾摺疊而成。此「台灣紅花巾」道具將串聯潘刺桐的故事，並在其他場次出現成為重要符號。

潘刺桐瘖啞，以「假手語」接續故事，羅乙君代為口譯。「假手語」看似聾啞者手語，其實是演員自己發明的手勢，刻意以假亂真。

刺桐：旅館裡還有旅館，房間裡還有房間，在那些神祕的空間裡，不僅可以看見未來，還可以重現你所不知道的過去。我是潘刺桐，關於我的故事，我看見那七個男人這樣描述。我的兩個父親、一個哥哥，三個丈夫，還有唯一的兒子。故事從我出生那年開始：一九五〇年，台中大甲。

刺桐生父台中大甲家。下面對話閩、日語交錯。

刺桐將「襁褓」道具交給羅乙君，偏立一旁觀看其他員工扮演刺桐的故事。

生父：（示意羅乙君將襁褓轉遞給刺桐養父，對養父說）拜託你了。多謝收留。

養父：取名了嗎？（看一眼嬰孩，再轉遞襁褓給刺桐養母）

生父：還沒。（沉默一會兒，看見襁褓上的刺桐花圖案）就叫刺桐吧。

養父：刺桐？平埔族聖花。

生父：（不置可否）哎，隨便。（難掩對孩子的厭惡）

氣氛壓抑。

養父：最近讀書會都停了，風聲太緊，你這邊也要小心。

生父：水利局的工作我打算辭掉，先暫時迴避一下。

養父：這樣也好。我們也計劃離開台北，搬回她板橋番仔園娘家（看身旁妻子），我岳父在大漢溪邊有塊地，可以種蘆筍、花生，生活應該暫時過得去。（刻意壓低聲音）聽說特別弄了個「政治行動委員會」，專門肅清台灣共產黨……

生父：幹伓娘。狗走豬來。

養父：小聲一點。

沉默。

養母：刺桐的媽媽……

養父：女人不要插嘴。

生父：應該撐不過這兩天。

三人再度陷入沉默。轉場。

刺桐接過「養母」手中襁褓道具，抖開準備下段演出。

羅乙君隨刺桐行動配音。

刺桐：（羅乙君口譯）母親生下我後，感染肺炎，三星期後去世。母親家是漢化的平埔人，在父親家族當了數代佃戶，母親的名字「潘女」還是父親的父親取的。母親原在父親家幫傭，意外為無子嗣的父親懷了雙胞胎男孩納為小妾，原以為可以母憑子貴衣食無慮，卻被半山仔流氓欺負……父親不認我，看我身上的裹巾，隨便取名刺桐。（停頓）我成了童養媳，隨養父母搬到台北板橋，因為無法說話，斷斷續續上了幾年學校，小學畢業後在家裡學做女紅。我稱作「大哥」的未婚夫，偶爾會教我唸書。

一九六〇年代，台北板橋，刺桐養父母家。

刺桐縫補花巾，十七歲患肺結核看來羸弱病態的未婚夫「大哥」教她唸書。大哥以閩語唸經文。

大哥：（唸書間或咳嗽）人之初，性本善，性相近，習相遠。（惡意地對刺桐說）跟我唸一遍。

刺桐搖頭，大哥打刺桐耳光。

苟不教，性乃遷。教之道，貴以專。跟我唸一遍。

刺桐再搖頭，大哥再打刺桐耳光。

昔孟母，擇鄰處。子不學，斷機杼。跟我唸一遍。

刺桐搖頭，大哥三打刺桐耳光。

刺桐反抗，抬高下巴，兩人對峙，大哥嚴重咳嗽起來，憤恨離開。

「小弟」登場，取代大哥位置，教刺桐唸書。小弟以華語唸經文。

刺桐：（羅乙君口譯）那年冬天，一直為肺結核折磨的大哥走了，養父母很傷心，請了算命先生來家裡看風水，算命先生卜了凶卦，警告養父母小心「絕後」……於是，這個小我五歲，我一向稱作「小弟」的人，在算命先生的安排下，成了我的新未婚夫。

小弟：人之初，性本善，性相近，習相遠。（天真地對刺桐說）跟我唸一遍。

刺桐搖頭，小弟作勢要給刺桐呵癢。

苟不教，性乃遷。教之道，貴以專。跟我唸一遍。

刺桐搖頭，小弟調皮地戳了刺桐胸口。

昔孟母，擇鄰處。子不學，斷機杼。跟我唸一遍。

刺桐搖頭，小弟呆看著刺桐。

我長大後要娶你。

刺桐再搖頭。小弟拿起刺桐縫補的花巾蓋覆刺桐身上，然後鑽入。花巾下的兩人形似玩呵癢又似好奇探索彼此身體，時動時靜。刺桐親生「哥哥」登場。掀開花巾，拉起被小弟騎坐地上的刺桐。轉場。

刺桐：（羅乙君口譯）一九七一年。台中大甲的親生哥哥輾轉找到我，希望我能認祖歸宗，他和養父起了嚴重爭執，斥責養父對不起父親……父親？我不知道他指的是哪個父親，強暴母親生下我的父親？還是遺棄我的他的父親？最後，哥哥還是偷偷帶走了我，我隨哥哥去了母親台東老家，遇見了圖尼克的父親……從此再也沒有回過板橋養父母的家。（將花巾摺成包袱，隨親哥哥離去）

刺桐拎著花包袱和哥哥走在鐵道上，哥哥講述家況。

刺桐哥哥：父親過世後，大房拿走所有東西。親戚聯合起來欺負我們，我和雙胞胎哥哥很快就被逼得搬走，我刻意改了父姓，現在跟母親姓潘。前兩年，哥哥和一個朋友合夥在綠島養殖蘭花，可能是生意上的糾紛，被陷害誣告匪諜，很快就判處死刑槍決了。（沉默許久）……父親一生最害怕的事，終於臨到我們頭上……哥哥離開後，我常想起你，現在你是我唯一親人了。為什麼不說話？唉，我忘了你不會說話。（刺桐試著以手語回應，但發現二哥沉陷自己世界，兀自滔滔說話）……女孩家不說話也好，免得招惹麻煩。會寫字嗎？我可以教你讀書。我在台東成功漁港附近找了個簡單工作，平常寫寫文章……最近我試著整理母親家裡過去的事，據說好幾代前我們原是從台東海邊遷往大甲的，「潘」可能是清朝的賜姓。母親家人丁凋零，我試著打聽回溯，不過，幾乎什麼都找不到了，真的只剩我們兩人了。（兩人行過路邊賣報小販，刺桐哥哥看了報紙頭條，自語）大頭條！蔣氏政權被逐出聯合國了。（然後轉頭對刺桐燦爛地笑了）

燈光轉換。五個黑衣人登場。帶走刺桐親哥哥。

海潮聲。刺桐孤獨站立許久。

燈光轉換。

台東成功刺桐和哥哥的家。刺桐振作，抖開花包袱，開始晾曬花巾。

圖漢民登場。

圖漢民：還好嗎？託人去問了，你哥哥應該很快就沒事（故作鎮定），不要太擔心（說得很心虛）……要不要我幫忙？（試著拉扯花巾）可惜我不會閩南話。知道我在說什麼嗎？（剌桐微笑，搖頭又點頭）要不要我教你唸書？喜歡字嗎？我喜歡字，特別是複雜的西夏文字（剌桐試著以手語回應，但發現圖漢民沉陷自己世界兀自滔滔說話。複製上段剌桐與哥哥「對話」戲劇動作）與其說西夏文字是漢字的模仿，更像是坦露著心事的漢字，表面的意義和內在的隱喻糾結一起，像光和影，同時顯現了……我們總是習慣向著光，轉身背對陰影，那是求生本能吧……以前我寫了許多西夏文字的文章，現在不寫了（沉默許久）……有人密告我諷刺現在政權，本來是要坐牢的，不過他們放我出來了，因為……（附耳跟剌桐說話，剌桐蹙眉搖頭）

真的，請相信我。（又附耳說話，剌桐再搖頭）真的，我拿我的性命擔保，我說的都是真的。（牽剌桐手，剌桐拒絕了二次，第三次不再掙脫）

圖漢民在剌桐左掌心寫下「女」字，在右掌心寫下「子」字。

這是「女」字，這是你的過去。這是「子」字，這是我期望的未來。（將剌桐二掌合攏）兩字放在一起，成了「好」字。這是現在。我們。好嗎？

刺桐睜大眼睛看圖漢民。

好。太好。我就知道你會說好。非常謝謝你。

刺桐欲縮回自己的手，但被圖漢民緊緊握住。

圖漢民看進刺桐眼睛。看似展現愛意，更多是控制欲望顯露。

你長得很像我父親的新太太。我的繼母。她和父親移民到加拿大了。你們真的很像，特別是眼睛，淡淡的灰綠色，像貓一樣。

轉場。

羅乙君：沒有人確切知道圖尼克的父親對圖尼克的母親說了什麼悄悄話，也許連圖尼克的母親都不知道這個迷戀西夏文字的男人到底說了什麼。不過，這對語言不通的男女，在那當下瞬間，以兩個字，「女」、「子」，或說一個字，「好」，決定攜手扶持，互許了終身。

圖漢民、刺桐合力將花巾摺疊成襁褓。襁褓成了嬰孩圖尼克。

燈光轉換。一九七〇年代中期。台北圖家。深夜。

圖漢民伏案批改學生作業。刺桐靜靜拍撫襁褓。

街上傳來賣肉粽叫喚聲。夫妻倆很有默契抬頭互望。

刺桐以眼神詢問是否要吃宵夜，圖漢民搖頭，繼續低頭批寫。

圖漢民突然抬頭，轉頭對刺桐說話。

圖漢民：我想到孩子的名字了。就叫圖尼克！從一個洋名字 Tunick 轉音過來。（得意）剛好我們又姓圖。圖尼克，完全不像漢人的名字，我真聰明。（繼續埋頭批寫）改這些學生週記真讓人發瘋。全是洗腦八股文章，偶爾寫到郊遊吃飯，最後還是回到「緬懷先總統蔣公，莫忘反共復國」，反共復國？他們到底了解多少？現在寫到蔣介石，規定前面要抬頭空一格……改作業的時候，又不能假裝沒看見，寫錯的學生要罰，沒修訂的老師也要罰，簡直是文字獄！最近學校也一窩蜂趕建造蔣介石紀念銅像熱潮，要老師向學生開口募款，我……（不悅，摔筆）

傳來吉普車剎車聲。

一陣靴子雜沓聲。敲門聲。咚、咚、咚。

圖漢民全身緊繃。刺桐走到丈夫身後，環抱丈夫。

兩人靜靜傾聽隔壁發生的一切。

低語。一陣身體掙扎撞擊聲。

聲音與恐懼。

有人以閩南話高呼：讓我站起來……站起來……台灣人站起來……。

車子離去。陷入死寂。

圖漢民如釋重負。

突然，傳來《四郎探母》音樂。

圖漢民轉身拉開刺桐上衣，將臉埋入。

刺桐高舉襁褓，圖尼克尖哭。

圖漢民、刺桐複製「陽本第十四場」胡靜與羊少年圖漢民戲劇動作。

轉場。

〈龍的傳人〉音樂入。

十五歲少年圖尼克穿著初中生制服登場。少年圖尼克由扮演圖尼克陽的演員扮演。

刺桐縫補花巾，少年圖尼克把玩相機。複製前場刺桐與未婚夫對坐場景。

少年圖尼克：范叔叔是誰？怎麼那麼好送我相機當生日禮物？為什麼都沒聽父親提過？我明天過生日，他會來嗎？

刺桐聳肩，表示不知道。

我想跟他說謝謝。我好喜歡我的新禮物……我幫你拍照，可是現在沒有底片……

刺桐寵溺看著兒子擺出姿勢。兩人假裝有底片拍起照。

少年圖尼克認真調整母親姿態角度拍攝特寫，眼睛、嘴唇、耳畔髮絲、頸項……

少年圖尼克盯著母親胸前衣鈕，開始解母親上衣鈕子。

解開一顆鈕子，拍攝一張。

一顆。又一顆。全部解開。

少年圖尼克看著母親胸脯。

複製西藏圖建國毆打妻、子場景——圖漢民登場，打刺桐耳光，推倒兒子，腳踹狂毆。

歷史不斷重演。

少年圖尼克被動挨打一陣後，突然反抗。

父子扭打。不同於不敢反抗父親的羊少年圖漢民，盛怒少年圖尼克將父親壓制地上。

複製圖尼克以相機傷害碧海場景，少年圖尼克舉起相機作勢要毆打父親。

二人對峙。放大呼吸氣聲。

（此段演出會刻意放大演員的聲音營造超現實夢境效果）

羅乙君播放排練音效：「野百合學運」學生反對國大擴權要求政治改革新聞報導。

圖尼克陰：（在觀眾席大喊）不！事情不是這樣的！（跳上舞台欲阻止少年圖尼克毆打父親）

刺桐擋下圖尼克陰。

員工／刺桐：（回到旅館員工身分，開口說話）不要太認真，這只是戲劇。不是真實。

圖尼克陰：可是這是關於我的故事……

員工／刺桐：這也是關於「我」的故事。（沒好氣）

員工／圖漢民：（對圖）你打斷了我們的排練。

圖尼克陰：這不是真的，這是為寫真比賽而做的戲。這是假的。

羅乙君：真真假假，假假真真……

員工／刺桐：不管你如何寫真幻象，幻象仍是幻象。

員工／少年圖尼克：一切都是幻象。

圖尼克陰：可是，你很像我。

員工／少年圖尼克：聽到本尊這麼說，真讓人開心。希望你喜歡我的演出。可以邀請你來幫我拍照嗎？

圖尼克陰：拍照？

員工／少年圖尼克：我喜歡你的作品，我想參加台灣之光寫真比賽。

圖尼克陰：（耍幽默）你要我「自拍」參加台灣之光寫真比賽？（眾人笑）

員工／少年圖尼克：我喜歡你，你是我的台灣之光！（遞青色房卡給圖）明天請來青色房間，我們有個蝴蝶主題的舞會，不見不散。

五、青色房間

蝴蝶旅館青色房間。九張瑜伽墊整齊排列。

美蘭嬷嬷居前示範動作，七隻蝴蝶依樣學劃。

圖尼克陰登場。

圖尼克陰：美蘭嬷嬷。

美蘭嬷嬷：歡迎來到青色房間。

圖尼克陰：啊，羊都長了翅膀，變成了蝴蝶。

美蘭嬷嬷：身心靈合一，知道了自己是誰，我們都變得輕盈，並長出翅膀，我們正學著如何自由飛翔。

圖尼克陰：（看見櫻花羊，招呼）嗨，櫻花，你終於如願以償，變成蝴蝶了。

櫻花羊／花蓮蝶：我不叫櫻花了，我現在改名叫「花蓮」。

圖尼克陰：花蓮？

唬爛羊／高雄蝶：大家都改名了。來，一一自我介紹。我先。我以前很唬爛，現在說實話。我是高雄。
成功羊／台南蝶：我以前是成功，現在改名叫台南。
滿滿羊／台中蝶：我以前叫滿滿，現在是台中。
台妹羊／蘭嶼蝶：我以前是台妹，現在是蘭嶼。
蔣介石羊／新北蝶：我以前是蔣介石，現在改名叫新北。
毛澤東羊／廈門蝶：我以前是毛澤東，現在改名叫廈門。

圖尼克陰數起蝴蝶。

美蘭嬤嬤：還是七隻。照行政區來。
圖尼克陰：行政區？
美蘭嬤嬤：飯店行政區重新劃分，現在只剩七個。
圖尼克陰：啊，少了台北……
高雄蝶：台北併入新北。首都搬到高雄了。
圖尼克陰：你唬爛。

高雄蝶：絕不唬爛。

新北蝶：高雄說的是真話。

美蘭嬤嬤：不說假話，對自己誠實，這是靈修第一條。旅館換了經營者，剛獨立，現在正式改名叫「蝴蝶民主飯店」。

圖尼克陰：蝴蝶民主飯店？（轉頭看廈門）你叫廈門？你也是蝴蝶民主飯店的行政區？

廈門蝶：世事難料，我很開心可以和大家在一起……（眾蝶樂）

美蘭嬤嬤：不要太興奮，要開始我們的靈修課了。

圖尼克陰：靈修？我是來找一位扮演我少年時候的飯店員工……他要我幫他拍照，參加台灣之光寫真比賽。

美蘭嬤嬤：飯店員工？這裡只有一群蝴蝶啊！

圖尼克陰：（看見蘭嶼蝶與扮演刺桐的演員極相似，對蘭嶼）我們昨天在台灣紅房間裡一起討論過幻象，你扮演我的母親刺桐……那個扮演我少年時候的人呢？他不是和我約在這裡見面，還說不見不散？

蘭嶼蝶：我只是一隻蝴蝶。我不是飯店員工，更不是演員，我不會演戲。

美蘭嬤嬤：你認錯了。人是人，蝴蝶是蝴蝶。

圖尼克陰：（看見高雄蝶神似扮演「圖漢民」的飯店員工，對高雄蝶）我記得你，你扮演我的父親。
高雄蝶：人不是蝴蝶，蝴蝶不是人。我是蝴蝶，不是飯店員工，不是演員，更不是你父親。
美蘭嬤嬤：你是不是沒睡好？
圖尼克陰：我……我又被搞糊塗了。這所有的人、事、物、蝴蝶，到底要告訴我什麼呢？
台中蝶：人是人，蝴蝶是蝴蝶。
圖尼克陰：天哪，真像一場醒不來的噩夢。
台南蝶：我們是噩夢？
圖尼克陰：對不起，我不是這個意思。
新北蝶：那是什麼意思？
廈門蝶：是啊，到底是什麼意思？
圖尼克陰：欸，我是說，我的確作了一個有關蝴蝶的噩夢。
美蘭嬤嬤：什麼樣的噩夢？
圖尼克陰：有人要殺我，我不斷跑著，一隻蝴蝶帶我離開。
花蓮蝶：誰追殺你？

圖尼克陰：一隻蝴蝶。我的意思是追殺我的人又變成了一隻蝴蝶，我無法看清楚他是誰……

高雄蝶：所以，有兩隻蝴蝶？

圖尼克陰：不，只有一隻……

台中蝶：你到底在說什麼？

台南蝶：救你的蝴蝶和殺你的蝴蝶是同一隻？

圖尼克陰：應該不是。

新北蝶：如果不是，那就是兩隻蝴蝶。一隻想救你，一隻想殺你。

廈門蝶：不可能同時想殺你又救你。

圖尼克陰：可是只有一隻蝴蝶。我們全部變成一隻蝴蝶。天哪，好難解釋。

新北蝶：你也是蝴蝶？

花蓮蝶：他不是蝴蝶。

蘭嶼蝶：他是蝴蝶。

圖尼克陰：我不是蝴蝶。

花蓮蝶：人不是蝴蝶。

台南蝶：可是，他們全部變成一隻蝴蝶。

台中蝶：人可以是蝴蝶……

美蘭嬤嬤：好啦，都不要說了！建立一個幻象，再以一個幻象推翻另一個幻象，拿幻象破除幻象，一點意義也沒有。都給我回到自己的瑜伽墊上！

高雄蝶：（維持秩序）圖尼克，你的位置在這兒。

圖尼克陰：我不會瑜伽，我可以幫大家拍照。

美蘭嬤嬤：放下你的相機，不要老是置身事外只用機器看世界，坐下！（命令）

新北蝶拿走圖尼克陰相機。台南蝶拉圖尼克陰坐下。

藍白拖大樂團奏起音樂。

美蘭嬤嬤一邊示範瑜伽動作一邊講解。人、蝶一起靈修。

美蘭嬤嬤：很久很久以前，太平洋上蘭嶼和綠島之間曾經有古陸塊存在。後來台灣島浮出海面，引發了大洪水。

高雄蝶：大水淹死所有生物，連月亮和太陽也難逃，只有五個兄弟姊妹逃過一劫，他們在海上漂流。

台南蝶：當時天空一片黑暗，伸手不見五指。他們彼此商量之後，決定將兩位兄妹推上天空成為太陽和月亮負責發光。

毛澤東羊／廈門蝶：我是哥哥秀尼。我成了太陽。

台妹羊／蘭嶼蝶：我是妹妹烏蘭。我也想演太陽……

毛澤東羊／廈門蝶：你就演太陽吧。以前我常被當作太陽，我受夠了，現在我很樂意扮演月亮。

蘭嶼蝶和廈門蝶扮演烏蘭和秀尼，成了太陽和月亮。

花蓮蝶：另外的三兄妹索卡索高、塔芙塔芙和巴洛舞在台灣東邊海岸登陸，他們往北探索新環境，走到大武山時，巴洛舞走不動了，就留在大武山定居。（扮巴洛舞停下）

台南蝶：世界只剩下索卡索高與塔芙塔芙，他們不知該怎麼辦，就問太陽。

新北蝶／索卡索高、台中蝶／塔芙塔芙：世界好寂寞，我們希望有更多的人來。如何可以讓更多的人來加入我們呢？

蘭嶼蝶／太陽：你們兩個結婚吧。

花蓮蝶：於是索卡索高與塔芙塔芙結為夫妻。塔芙塔芙懷孕生下了蝦子、魚、螃蟹與飛鳥。

新北蝶／索卡索高、台中蝶／塔芙塔芙：怎麼會生下蝦子、魚、螃蟹與飛鳥呢？

蘭嶼蝶／太陽：魚跟螃蟹放生，當作日後的食物和祭品；飛鳥放至天空，可以為你們預示喜訊或凶兆。還有……（對索卡索高、塔芙塔芙說悄悄話）

廈門蝶：太陽教導他們該如何才能生出孩子。

蘭嶼蝶／太陽：兩人睡覺時，要將一張挖了洞的獸皮放在中間。

花蓮蝶：按照太陽的指示，他們生出了不同顏色形狀如蛋的石頭，有白、紅、綠、黃、黑色等，這些石頭迸出了許多變形人。

台南蝶：這些變形人眼睛長在膝蓋上，懷孕的地方在小腿，孩子則從母親的大腳趾出生。變形人覺得眼睛長在膝蓋上走路很不方便，常會有雜草或砂石刺到眼睛。

美蘭嬤嬤：是不是應該把眼睛放在頭上呢？

高雄蝶：這個想法馬上獲得一致同意，他們把一眼挪到臉上，另一眼放在後腦勺，前後各有一隻眼睛，視野變遼闊了。

新北蝶：但問題來了，他們發現腦袋前面的眼睛要向前走，後面的眼睛也要向前走，半步也沒辦法動，哪裡也去不了。

美蘭嬤嬤：把後腦勺的眼睛移到前面吧。

廈門蝶：於是他們把後腦勺眼睛改放在臉上，成了現在人類的模樣。

台中蝶：後來白臼石迸出的變形人繁衍出漢族的祖先。紅石、綠石、黃石變形人生出不同種族的西洋人祖先。黑色石頭則繁衍了卑南及魯凱的祖先。

蘭嶼蝶：索卡索高常常跑到大武山拜訪妹妹巴洛舞，兩人也生出了石頭，石頭生出排灣族的祖先，這些祖先繁衍出現在的各個族群。

美蘭嬤嬤：這是卑南族的洪水神話，也是我聽過最動人的台灣創世神話。

圖尼克陰：為什麼要練習這個故事？

美蘭嬤嬤：除了你的西夏半人半羊祖先起源說法，我們提供另一種體驗。世界上不是只有一種創世故事，我們總自以為是中心，其實是他人的邊緣。

圖尼克陰：可是，這個故事的動作好難，我跟不上，也無法適應。

美蘭嬤嬤：慢慢來，交給身體，不要用太多腦袋思考。

圖尼克陰：沒有相機，我會胡思亂想。

高雄蝶：那你需要學習冥想。接下來是靜坐課程，來，和我們一起冥想了解自己。

眾蝶隨美蘭嬤嬤盤腿而坐。

美蘭嬤嬤：閉上眼睛，調整呼吸。吐氣比吸氣長兩倍。吸，吐。腦袋有如天空，意念是雲朵，隨它來去，只要觀察，不阻止，也不挽留。

大家閉眼冥想。

我們是誰？走過什麼樣的過去？如何走到現在？將可以走向什麼樣的未來？我們能積極做些什麼？（點名）圖尼克，你說。

圖尼克陰：啊？我不知道。

美蘭嬤嬤：不知道⁉告訴我，你看見什麼？

圖尼克陰：閉著眼睛，什麼也看不見。

美蘭嬤嬤：用心看，不是用眼睛看！

一會兒。

圖尼克陰：我的心看見了沙漠。不，我的心看見了海洋。不，西北是沙漠，東邊是海洋。

美蘭嬤嬤：不能同時是沙漠又是海洋。選擇一個，專注冥想。

圖尼克陰：選擇沙漠如何？選擇海洋又如何？

美蘭嬤嬤：選擇海洋，你將持續你在蝴蝶飯店的歷險，尋找母親，與我們一起獵取台灣之光。選擇沙漠，你將回到過去，前往西夏旅館，繼續未完成的字謎遊戲，尋找父親……每個人都有一座必須歷險的旅館，仰望西北大陸或擁抱東方海洋，你的閱讀方式決定了你的命運。

圖尼克陰：我渴望見到母親多些，不過，我想知道父親為何給我一封空白的信，寫了一個我無法看見的字。我想問安金藏，我想知道那個字到底是什麼……我要回去西夏旅館！

美蘭嬤嬤：不同的決定通往不同的故事，每個故事自有其意義。選擇西夏旅館也挺好，我們的賓客可以繼續在旅館裡冒險，猜完剩下的兩個字謎。圖尼克，確定要回去西夏旅館了？

圖尼克陰：是的。很抱歉我選擇離開這裡。

美蘭嬤嬤：無須抱歉，沒有錯誤的選擇，只是命運不同。大家注意，我們要離開蝴蝶飯店，前往西夏旅館了。閉上你的眼睛，放慢呼吸，冥想沙漠，你將會離開蝴蝶飯店，回到西夏旅館……祝大家猜字謎順利，贏得大獎回家。

圖尼克陰閉眼冥想。

美蘭擊掌，火車隆隆聲響起。

轉場。

註：創世故事採自《山海的召喚——台灣原住民口傳文學》，劉秀美、蔡可欣著。台南：國立台灣文學館，二〇一一。

六、中國紅房間／興慶府宴會廳／字謎六：漢

故事回至陽本未完旅程。

蝴蝶旅館中國紅房間。有一小舞台，氛圍如台灣八〇年代綜藝節目魔術表演。

安金藏魔術師造型打扮，家羚、家卉擔任助理。

圖尼克陰手握「中國紅」房卡，戴眼罩昏睡椅上，如被催眠過。

安金藏比劃手勢，〈望春風〉音樂出，圖尼克陰隨音樂轉醒。

圖尼克陰欲拿下眼罩，但為家卉阻止。

圖尼克陰：我在哪裡？

安金藏：西夏旅館興慶府宴會廳。

圖尼克陰：我不是在蝴蝶旅館的某個房間？我真的回到西夏旅館了？你沒騙我？我記得西夏旅館已經消失……

安金藏：你不是期待我把西夏旅館變不見？還喜歡我的魔術表演嗎？

圖尼克陰：安金藏？你真的把旅館變不見了？
安金藏：旅館還在，倒是我把你的某樣東西變不見了。
圖尼克陰：我？我的東西不見了？（遮掩下體，心虛）我很好。只是頭很痛，一直作著各種奇怪的夢。
安金藏：你怎知現在不是在夢裡？
圖尼克陰：「現在」都只是我的幻覺？
安金藏：西夏旅館並非一座旅館，而是一趟意識的流浪之旅，一場你腦袋瓜裡的魔幻冒險！駱以軍說過之類的話。
圖尼克陰：那個被逮捕的說書人？
安金藏：羅乙君？不，是駱以軍。
圖尼克陰：這兩個不是同一個人？我被搞混了。
安金藏：沒關係，這有點複雜，你會慢慢理解的。（指示家羚接話）
家羚：（對觀眾）很抱歉，羅乙君還在牢裡，現在由我們來為大家服務，協助各位猜字謎。我們是「家家」姊妹花，我是家羚。
家卉：我是家卉。
家羚：（手拿圖漢民的空白信箋）還記得這個嗎？圖尼克父親圖漢民寫給圖尼克的

信，不過，信上是空白的！

家卉：一張白紙。

家羚：沒有人知道圖尼克父親寫了什麼。

家卉：沒有人知道。

家羚：所以這段演出無法為各位上字謎卡。

家卉：一片空白。

家羚：雖然一片空白，可是隱藏一個大祕密。

家卉：什麼樣的大祕密？

家羚：一樁滅門血案。一對母女，兩條人命。

家卉：兇手是誰？

家羚：猜對這個字，自然知道兇手是誰。

家卉：是我們認識的人嗎？

家羚：如果兇手是我，你會怎麼做？

家卉：視而不見。如果兇手是我？

家羚：我大義滅親。

家卉：你不愛我。

家羚：「愛」很難定義。
家卉：我愛你。
家羚：我也愛你。
家卉：既然不知道寫了什麼，一片空白，我們先以黑色的方格代替。
家羚：黑色方格？
家卉：白就是黑，黑就是白。希望可以揭開「黑幕」，真相「大白」啊。
家羚：請上第六個字謎。

上字謎卡六：■

圖尼克陰：（戴著眼罩，傾聽）所有人都知道發生了什麼事，只有我看不見，希望我能知道黑暗的意義。
安金藏：（看字謎卡）我們無從觀看，我們被這個字弄瞎了眼，這是最黑暗的一個字。
圖尼克陰：可以拿下眼罩嗎？我想看這個字。
安金藏：有差別嗎？拿下眼罩，你還是看不見，你是瞎的。

圖尼克陰伸手欲扯臉上眼罩，又尷尬停止。

圖尼克陰：聽說我父親看不見了，我想見他。
安金藏：你父親在等你回信，也許他會想見你。
圖尼克陰：（挫敗）我不知道他寫了什麼……
安金藏：你不知道自己在想什麼。
圖尼克陰：你不是我，不要揣測我在想什麼。
安金藏：要不要猜猜看？猜這個字，猜你在想什麼。
圖尼克陰：猜對了呢？
安金藏：你可以見到你失明的父親，還可以帶他回家。
圖尼克陰：猜錯了呢？
安金藏：你會陷入光明和黑暗之間。
圖尼克陰：拿靈魂當賭注？
安金藏：哎，這不是小說，不是戲劇，靈魂何用？我要你的一隻眼睛！許多人需要重見光明。

圖尼克陰：聽起來像器官交易。

安金藏：所有的東西都可以交易。用一隻眼睛換一個父親，值得。

圖尼克陰：好，我賭！

安金藏：接下來我要說你父親在印度的故事，希望有助你猜出這個字。

圖尼克陰：那件滅門血案？

轉場。一九五〇年代。印度加爾各答流亡華人社區。

洪曉陽母女破敗小屋。夏日天氣炎熱，每人都大汗淋漓。

圖建國帶著甫二十歲兒子圖漢民拜訪洪媽媽，完成圖漢民的性成年禮。

洪家陳設：只有一室。

客廳擺一桌二椅，桌後一張木板床，僅以一布簾隔開。

觀眾對坐。所以右側觀眾只能看見客廳部分的戲，左側觀眾只能看到臥室部分的戲。

以下演出對仍戴著眼罩的圖尼克陰來說，像聽「廣播劇」。

但觀眾可清楚看見演出，只是左右側所見不一。

安金藏：你父親在迦陵頻伽鳥引領下，終於找到你的祖父母……他們順利離開西藏，和逃亡的國民黨官員抵達印度加爾各答。你祖父透過從前的關係開了洗染廠，加入華人小學、中學的籌辦，偶爾在當地報紙寫些中國鐵道建設藍圖文章，安靜過了幾年，直到你父親愛上一個窯子裡的姑娘。喔，那連窯子都稱不上，只是逃難隊伍中的一對母女，那女人和丈夫失散了，帶的錢也不夠，自然走上那種命運女人最後得走上的路。她在自己家裡接客，養活自己和唯一的女兒。客人都是當初一路相伴翻山越嶺生死患難的男人們，不是各有妻小就是自己溫飽也顧不上的天涯淪落人。這個母親是這一帶流亡男人們的共同資產，消解所有遊子的戰火悲苦。你父親一過完二十歲生日，你祖父就決定要讓這個兒子迅速擺脫男孩的稚氣天真加入成年男人世界，於是，你祖父替你父親安排了「成年禮」。

客廳，圖建國與洪媽媽對坐。圖漢民尷尬垂首站在一旁。
臥室，女兒洪曉陽趴在床上看《蝴蝶書》。
洪曉陽及觀眾可清楚聽見客廳的對話。

洪媽媽：最近好嗎？
圖建國：好。好。

洪媽媽：請喝茶。
圖建國：謝謝。要麻煩你了。
洪媽媽：不客氣。（看圖漢民）前天二十歲生日？

圖漢民不答，頭又更低了。

圖建國：大前天。
洪媽媽：過了二十歲，以後就是大人了。人生另一階段的開始。恭喜。
圖建國：還不謝謝洪媽媽。

圖漢民欲奪門離開，被圖建國拉住。
臥室聽曉一切的洪曉陽衝進客廳，怒視客廳三人，吐了圖漢民口水，離去。

洪媽媽：洪曉陽！（無奈看曉陽離去）

洪媽媽轉進臥室。

圖建國把圖漢民推進臥室。

左側洪媽媽幫圖漢民脫衣。兩人躺到床上。

右側洪曉陽又衝回客廳，與圖建國對坐。拿出《蝴蝶書》，翻讀。

隔著簾幕，可聽見木板床因性愛發出的搖晃聲。

轉場。

安金藏：之後，你父親就常往這座小屋跑。你父親愛上了自己性啟蒙者的女兒，那個吐自己口水、像太陽一樣性格剛烈的女孩洪曉陽。那是這對戀人的初戀，對少年來說，那像某種將女兒假想成母親、探觸禁忌而引發的瘋狂愛戀。而對女孩來說，那比較像是南國之境類似瘧疾高燒病症的自我放棄與憤世嫉俗，愛情總有超過我們想像的其他面貌。

右側洪家客廳。圖漢民和洪曉陽隔桌對坐，各自看書。

兩人不甚專心，圖漢民腳在桌下不安分，頻頻伸往洪曉陽膝蓋。

洪曉陽要圖漢民不要發出聲音，因為母親就在隔壁午睡。

左側洪媽媽躺在床上，其實未睡著。

客廳小倆口儘量不發出聲音，但洪媽媽不時聽見兩人調情笑聲。
右側圖漢民鑽到桌下，爬向洪曉陽，埋進洪曉陽的裙子裡。洪曉陽努力不發出聲音，但仍可聽見呻吟聲。
左側洪媽媽坐起，傾聽客廳聲音。
洪媽媽隔簾問話。

洪媽媽：曉陽？
洪曉陽：什麼事？
洪媽媽：有沒有好好唸書？
洪曉陽：嗯。
洪媽媽：考試要到了。
洪曉陽：知道。
洪媽媽：洪家都靠你了。我這麼辛苦……
洪曉陽：不要一直提醒我你為我做的事。（微怒）

圖漢民在桌下加快動作。

洪曉陽尖叫。混合二種複雜情緒，對母親的長期怨怒和性愛狂喜。轉場。

安金藏：這對年輕人的熱戀，很快傳遍整個華人社區，對你祖父那樣一個愛面子重視階級的當地仕紳來說，這樁戀情成了無法忍受的醜聞，更是家族之恥。你祖父數度阻攔這對戀人，用盡各種方法，還找了黑幫流氓恐嚇洪曉陽母女甚至自己的兒子，但這對小戀人全然不受威脅，反而以更張狂露骨的行徑叛逆回應。

左側床上洪曉陽與圖漢民躺著說話。
右側洪媽媽剛回來，入門，站住，聽見臥室二人對話。

洪曉陽：我要回去加入建設新中國的行列。
圖漢民：決定了嗎？
洪曉陽：決定了。
圖漢民：跟我一起去台灣。
洪曉陽：你真的想去台灣？
圖漢民：父親要我去台灣。

洪曉陽：你父親要你去台灣你就去台灣！你對台灣了解多少？

圖漢民：聽說哪裡蝴蝶很多，是蝴蝶王國。

洪曉陽：蝴蝶？

圖漢民：我查了資料，有一種蝴蝶叫寬尾鳳蝶，只有台灣有。跟我一起去，我們去看蝴蝶。

洪曉陽：我要回中國。

圖漢民：為什麼你一定要回中國？

洪曉陽：中國不一樣了。

圖漢民：不要相信共產黨，我們好不容易才出來。

洪曉陽：我更不相信國民黨，我們還困在印度這裡，我討厭這裡。

圖漢民：跟我去台灣。

洪曉陽：我要回中國。

圖漢民：跟我去台灣。

洪曉陽：我要回中國。

二人爭執越烈，圖翻身抓洪，兩人衝突扭打。

圖漢民：不准去。

洪曉陽：沒有人可以阻止我。

圖漢民陷入可怕盛怒。

圖漢民：你去，我就殺了你。

洪曉陽：我去中國，你要殺我。我不去中國，你父親要殺我。我洪曉陽不是傀儡，讓你們父子擺弄著玩。

圖漢民：我父親又找人威脅你？

洪曉陽：哼。

圖漢民：對不起。

洪曉陽：我不怕死，但討厭被瞧不起。

圖漢民親吻洪曉陽。兩人像小野獸一樣，又吻又打，從床上滾到地上。

右側洪媽媽哭泣。轉場。

安金藏：最後，你父親和這個女孩的青春戀歌以悲劇收場。某個清晨，那對母女被人發現死在小屋裡，母親脖子的傷口像一道上彎笑開的嘴，女兒則因兇手用力過猛，喉管、頸骨幾乎被整截砍斷……慘劇發生不到三天，你父親便在你祖父的安排下，拿著單程船票和一百美元，獨自遠赴當時國民黨軍隊控制的台灣。

有一些謠言在當地流傳了一段時間。有人說這女兒其實是共產黨特務，捲進了諜報暗殺。也有人說是你祖父教唆的流氓讓恐嚇成了失手的滅門血案，你知道，那洪曉陽是不容易屈服或遷就的倔強女孩……最後一個讓當地人內心充滿難以言喻黑暗情感的是，這個情感強烈的青年發現情人已不受控制，選了一條和自己未來完全相反的路，於是雙方發生了激烈衝突，青年原打算和情人同歸於盡，卻臨時變卦……

沉默。

圖尼克陰：不管發生的是哪一個版本，全部符合我們西夏人不幸命運的故事原型。

安金藏：這個字和殺人兇手的名字有關。

圖尼克陰：我們是阿修羅的後代，習慣自己屠殺自己……父親一直不喜歡他的名字。「漢」民，「漢」人的瞎眼奴隸！像個甩不掉的符號和嘲諷，跟了他一輩子。

安金藏：你可以拿下眼罩，見你的父親了。

圖尼克陰伸手欲摘下眼罩，突然遲疑起來。

圖尼克陰：我可不可以重新選擇？我想重頭來。

安金藏：為什麼？

圖尼克陰：我什麼也沒看見，我無法用聽來的故事，做如此重大的猜測與決定。

安金藏：聽來的，的確不比眼見的。這樣吧，我重新把故事再說一遍，以不同的方式，從不同的角度，希望你也有不同的體會和想像。你可以再猜一次，不過，如果你猜錯，你得給我你的一雙眼睛。加倍！

圖尼克陰：可以。

安擊掌，指示換場。左右側的臥室客廳對調。

現在右側觀眾看到臥室的床。左側觀眾看到客廳的桌椅。

演員把剛剛的戲再演一遍。

不過，只發出聲音，不動作，活像一場欺騙圖尼克陰的「廣播劇」。演出結束。

安金藏：（問圖尼克陰）故事結束。現在，可以說你的答案了？

圖尼克陰：我不知道，我放棄！我從來就不喜歡西夏文，只會模仿漢字，結構複雜筆畫繁複，完全是個毫無己見胖大累贅的山寨字，透露的只是自我的喪失。

安金藏：我沒說這個字是西夏文喲。

圖尼克陰：我看不見。我怎知那不是西夏文？

安金藏：你自己選擇盲目的。

圖尼克陰：我不瞎，我知道這所有的一切。（扯下眼罩，燈光零秒暗。劇場陷入黑暗）好黑。我什麼都看不見。

「胡音」嗚咽。

圖尼克陰：是誰？

影子老人：我是你父親的影子。

圖尼克陰：我看不見你。

影子老人：沒有光，我也就不存在。

圖尼克陰：我聽見你的聲音。

影子老人：這是你父親的回音。作為一個本體的陰影，我沒有創造的能力，只能反射回音。

圖尼克陰：從我踏進這裡開始，旅館裡的人就輪流告訴我關於我父親的各種故事，我卻無法見到他本人聽他親口說話……

影子老人：你該多聽聽別人怎麼說。一個故事可以有好幾種說法。

圖尼克陰：沒有真相，只剩下說故事的方法。所以呢？你又要開始說故事？

影像。

隨老人敘述，播出包含荷蘭、西班牙、鄭成功、滿清、日本、國民黨……等入台史料

大漠風沙翻飛聲。

影子老人：公元一二二七年，蒙古人攻陷西夏都城興慶府。作為追憶者，或那城毀滅時刻的目擊者，我該如何向你描述那如地獄變般的慘烈景象!?

那個時刻，如此潔淨、肅穆，我們看著身著赤紅盔甲的蒙古騎兵像一群著火的烏鴉從這城崩塌後四面八方的裂口，慢動作、噴灑著從這個夢境之殼外另一個夢境沾帶的不同顏色光焰與油彩，踢騰跳躍。那個凍結時刻，我完全沒有任何關於屍體的記憶。雖然其實他們正在冷靜而瘋魔地屠殺我們。包括我，這個孩童時曾親睹元昊建起這座城的兩百歲老人……那時腦海裡清楚浮現的意識，完全不是真實展演於眼前的肉體被砍斷、變形、噴湧鮮血，或哭喊厲叫，而是一句抽象的、神祕密碼般的話：「要滅絕了。這一族將要完全消失了。」

那時，我的王，一身白色閃紋繡龍袍，站在我面前像一條粼粼發光的銀色河流。在我和他之間的空氣，完全沒有一絲從那地獄般的戰場殘留的刀鋒血腥味，如那些漢人從關外流傳至內地的歌謠或演義，把他描述成一團猙獰而肉眼難描其輪廓之煞氣。事實上，那個清晨，站在我前面的元昊，如果不能將之描繪成一個哲人，至少是一個仁慈君王的形象。他說：

嵬名曩霄（元昊）接話，說出白高大夏國（西夏）獨立宣言。

元昊：我的夢境，在這片地圖上無限寬廣，但只有你雙足站在其上，才知是一片將所有生物、帳幕、城壘、白骨、戰士和他們的馬、女人全部掩埋覆蓋之沙漠。那是造物主雙手平放在這一地區時，恰好腦海中一片空白枯寂時刻的結果。這裡千百年來彎腰縮頭抵住風沙和太陽火球的羌人們從來就不是人類。他們內心的圖像如果織成一幅唐卡掛氈，你會發現和牛群或羊群的內心世界沒有差別。

如果你問我為何要殺戮如此之鉅，把那些身上粘著馬糞和羊羶味的羌人披掛上金屬鱗片，數以萬計地推向漢人那些頭顱被砍掉即從腔體中湧冒出文明、文字和人類時間的現代軍人們？

我必須要說，如果你眼前的這一切是一個顛倒的國度，作為一個獨立建國者，我蔑視那些建築鏡中之城的無想像力君主。我說過這是一個謎題或刺繡。從每一個作為單元的細節開始，我皆採用不同的相反邏輯讓它背轉向他們原本在中國這個國度裡所是的原貌。

當中國的天子和他的臣民們已進入黑夜的深沉睡夢，我的黨項羌人們猶在輝煌的白晝裡騎馬奔馳；當他們按植物的枯榮生死或霜雹蝗蟲之來襲劃分四季與節氣，我們則是從馬匹的牙齒、羯羊的交配週期或牠們死亡時眼珠不同的顏色折光來理解時間；他們哄騙他們的君主，整個帝國是以他為中心上串祖先而空間向四面八方延伸的靜態秩序世界，我則讓我的羌人騎兵們成為無數個我的分身，每一個「現在」的劇烈運動；

他們相信陰陽，懼談生死，喜歡「寰宇昇平」、「禮樂奏章」這種萬物在光天化日無有陰影的穩定；我和我的族人們則是從死亡的陡直深淵以鬼魅之形，從難產的母馬屍體陰阜中血淋淋摔落塵土，我們太熟悉死亡那種黑色稠汁，帶著羊尿騷的氣味了；他們以君臣父子夫婦長幼朋友之義為龐大鐘面的傀儡懸絲；我則用馬刀剁下背叛者的睪丸。毒殺不忠於我的母親全族……

元昊獨白結束。迦陵頻伽樂團演奏。主唱阿羌隨音樂發出非語言吟哦。

搭配音樂，播放影像。

影帶內容：台北現代空景，以及關於興慶府的文字描述。

「鏡中之城。亡靈之城。海市蜃樓。門闕、宮殿、宗社。亭榭台池。魔都。鬼魂黨項羌兵七萬駐紮護城。鳳凰之城。宋京師開封之歪斜倒影。帝后嬪妃。祖廟壇台。城中之城。迷宮之城。夢城。元昊夢境的核心。車門、攝智門、大殿、廣寒門、懷門。皇帝寵宮。元昊淫歡殺后妃之地。枉死之城。鬼城。妖術之城。傳說中『攻不破之城』。興慶府。元昊建白高大夏國二百年帝都。自沙漠中升起的梵音之城。火焰之城。彌藥之城。飛天之城。迦陵頻伽之城。愛之城。」

燈亮，舞台僅餘圖尼克陰一人。

圖尼克陰複製羊少年圖漢民在西藏被父親遺棄的哭泣畫面，父子有相同的挫敗。

家羚裝扮成一隻蝴蝶，走向圖尼克陰，蹲下輕喚。

家羚：圖尼克。

圖尼克陰抬頭看家羚久久，悲傷不已。

圖尼克陰：（像個孩子）不管看得到或看不到，都好黑暗。我還可以見到他嗎？

家羚：誰？

圖尼克陰：那個遺棄我的人。

家羚：你是說你的父親，你的母親，你的妻子，還是……你自己？

圖尼克陰：你到底是誰？

家羚：我只是一隻蝴蝶。

圖尼克陰：（可憐兮兮）我也好想當一隻蝴蝶就好。

音樂〈綠島小夜曲〉入。

家羚：我喜歡這個音樂，先陪我跳舞，我再告訴你這一切真相。（拉起圖尼克陰，隨音樂擺動）

兩角色沉浸音樂，如文藝電影男女主角，相視越顯深情。

圖尼克陰：碧海。

家羚：我不是碧海。

圖尼克陰：請暫時當我的碧海。

家羚：我不是你的標本。

圖尼克陰：對不起。

家羚：沒關係。

圖尼克陰：我殺了她。

家羚：你的妻子？

圖尼克陰：我甚至不記得自己是用什麼方法殺了她，我找不到兇衣、血刀、或其他任何沾血的榔頭、扳手、球棒……我甚至找不到她的身體。

家羚：也許你並沒有殺了她，也許她只是離家出走，離開了這座小島，正在另一個我們不認識的旅館裡。

圖尼克陰：我找不到她的身體，但她的頭，她的那顆頭顱，就放在一個「金色帽盒」，擺在西夏旅館我的房間裡！……請帶我離開這裡，離開西夏旅館。我想回到蝴蝶旅館。

家羚：答應我一件事，我才幫你。

圖尼克陰：好。

家羚：很難，也很簡單。不管如何，永遠都不要背對海洋。

圖尼克陰：我愛碧海。

家羚：很好。閉上眼睛，開始冥想海洋，你會回到蝴蝶旅館。

圖尼克陰：（閉眼依偎家羚胸前）我一直想到碧海。

家羚：那就專注地冥想碧海。你看到了什麼？

圖尼克陰：一九九八年冬天的一個傍晚，我第一次見到碧海。

海潮聲。

圖尼克陰開始回憶。

轉場。

七、藍色房間

一九九八年。台北市長選舉開票傍晚。圖尼克工作的攝影棚。

圖尼克陽為碧海拍照。二人初識。一邊拍照一邊聊天。

圖尼克陽：（按快門）謝謝願意免費當我的模特兒。

碧海：不客氣。我喜歡你的「望春風寫真計劃」。

圖尼克陽：我喜歡你的名字。「碧海」……很美的名字。

碧海：母親說生我那天，肚子痛了一天。海邊颳起大風，海洋發出「我、我、我」的聲音。半夜，我終於出生，海潮換了聲音，好像在說「好、好、好」，所以幫我取名碧海。

圖尼克陽：海會說話？

碧海：萬物都會說話。你的「望春風」也會說話。我是第幾個？

圖尼克陽：第六十九個。

碧海：很快就會有一百零一個了。為什麼是一零一？

圖尼克陽：本來想拍一千零一個人，但時間有限，也還沒找到更新的拍攝觀點，所以先試拍一零一個。

碧海：一千零一個人？天方夜譚噢。（看攝影棚四周肖像裝置）都是你拍的？

圖尼克陽：你的意思是「一零零一」這個數字是天方夜譚，還是拍攝「台灣人」這件事是天方夜譚？

碧海：都是。

圖尼克陽：我還真幹過這事，只是，我是翻拍網路上的人像。

碧海：翻拍網路上的人像？

圖尼克陽：我很喜歡德國攝影家 August Sander 記錄日耳曼特色的肖像作品，也想學他有計劃地寫真「台灣人」，有一陣子很困惑，不知道台灣人應該是什麼樣子，於是坐在電腦前翻拍了上千張搜尋來的大頭照……

碧海：一千零一頁，你坐在電腦前認識台灣人。

圖尼克陽：越拍越困惑，又順手拍起找到的一些史料老照片……

碧海：一千零一頁，你坐在電腦前認識台灣歷史。

圖尼克陽：後來覺得不能再這樣下去……

碧海：所以，你開始了這個「望春風寫真計劃」？你「望」見了什麼？

圖尼克陽：希望自己盡力保持客觀，讓每一張照片成為鏡子，反映出每個人原有的樣子，也許，最後可以歸納出所謂台灣人的圖像。

碧海：有真正的客觀嗎？我不太相信。每一張照片都代表了一種觀點。所謂的「客觀」也是一種主觀觀點。

圖尼克陽：你覺得台灣人是什麼？

碧海：（思考）你問倒我了。

圖尼克陽持續拍攝碧海。碧海發呆。

圖尼克陽：想什麼？

碧海：對不起，出神了一下。

圖尼克陽：還在想「台灣人」？

碧海：嗯。不過想起小時候的一些事。我小時候喜歡和海說話，不管說什麼，海總是回答「好、好、好」。我信任聲音，勝過影像。

圖尼克陽：我喜歡沙漠。祖父以前是國民黨西北鐵路官員，帶著父親輾轉越過騰格里沙漠、西藏逃到印度。對於故園，我只能想像沙漠。希望有一天能回大陸西北去看看。

碧海：沙漠是另一種海洋。

圖尼克陽調整碧海姿勢。

圖尼克陽：我還喜歡火車。

碧海：我也喜歡火車。「每一個故事的暗影裡都隱藏了一列火車。鐵軌好像DNA的雙螺旋體無限拉長。」

圖尼克陽：「人隨著鐵路，開始交流混血，交換基因。」你也讀過那本關於鐵路的小說？

碧海：我喜歡駱以軍把鐵軌比喻成人的兩條螺旋體。交換基因是人類故事的基礎……

圖尼克陽調整碧海前襟衣服。

圖尼克陽：請看這裡。（按下快門，轉換話題）小時候坐火車，過山洞特別興奮。

覺得像進到一個黑暗的幻想世界……最喜歡看火車過鐵橋，火車嗚嗚叫著，冒著熱氣的水從鐵軌滴到橋下，我們總說那是火車在撒尿。

碧海：小時候父親常出差到南部。想念父親的母親會帶我們去鐵路邊等待火車經過。我們對著一列南下冒著蒸汽的火車揮手招呼，看火車成了某種儀式，我們想念父親的儀式。

圖尼克陽調整碧海前襟衣服釦子。

碧海：（陷入回憶）父親是建築師，很年輕就有了自己的建設公司，傾注所有力氣建造當時台北最高的大樓「蝴蝶大廈」，不過遇上台美斷交，一夜之間破產，很快就死於糖尿病……母親說那些賣不掉的空屋，像來不及蛻變的蝴蝶。

圖尼克陽：蝴蝶大廈？我身上也有蝴蝶。（給碧海看肚子上的蝴蝶胎記）

碧海：胎記是前世的記憶。

圖尼克陽：你相信輪迴？

碧海：沒有什麼相不相信的。生命過於神祕，無法解釋。下次拿父親的照片給你看。

（看圖尼克陽眼神溫柔許多。圖尼克陽發現碧海胸前的藍色菱形項鍊）

圖尼克陽：這項鏈好特別。
碧海：用親戚小孩玩的七巧板做的。
圖尼克陽：看起來像一張房卡。
碧海：我像旅館服務生？
圖尼克陽：開玩笑的，請不要介意。（伸手碰碧海前襟衣服釦子，複製少年圖尼克為母親拍照解母親衣襟釦子動作）
碧海：你解我釦子？
圖尼克陽：可以拍嗎？
碧海：我們第一次見面。
圖尼克陽：對不起。我只是想拍。
碧海：可以放音樂嗎？
圖尼克陽：古典樂？
碧海：搖滾樂。

圖尼克陽扭開收音機，傳來台北市市長候選人陳水扁落選演講。
兩人聽了一下。

碧海：我要走了。

圖尼克陽：我做錯什麼？

碧海：我託付希望的人失敗了。

圖尼克陽：你可以把希望託付給我。

碧海：你是誰？

圖尼克陽：西夏人，圖尼克。

海潮聲，轉場。

二〇〇〇年總統大選開票傍晚。圖尼克工作的攝影棚。

圖尼克陰教碧海拍照。

碧海：寫真好難。

圖尼克陰：直覺比較重要。想怎麼拍就怎麼拍，那是你看世界的方式。

碧海：也無法想太多，對焦就夠忙了。

圖尼克陰：還可以變換快門速度，改變曝光值，世界又會不一樣。光明、黑暗由你決定。要有光，就有光！

碧海：好神！

圖尼克陰：攝影一點也不寫真，你可以透過構圖、光圈、快門或濾鏡重新創造一個你較喜愛或更痛恨的世界。

二人身體親密接觸，圖尼克陰有些緊張。碧海一邊拍照，一邊跨坐到圖尼克陰身上。

碧海：你很緊張，不喜歡被我瞄準？

圖尼克陰：你拿相機像拿武器。

碧海：我還以為這樣比較 MAN。攝影機和機鎗沒什麼兩樣。

圖尼克陰：還好發明了相機，世界少了許多戰爭。

碧海：不見血的戰爭沒有比較慈悲，我們換另一種方式獵殺彼此。每一張照片都是時間的凝結，都是死亡，都是對世間的最後一次告別。

圖尼克陰：你應該去學攝影。

碧海：我正在學啊。看鏡頭，微笑。

圖尼克陰：（雙手高舉投降狀）殺了我吧。
碧海：微笑。
圖尼克陰：（擺出笑臉）很開心死在你手裡。
碧海：不客氣。砰！

圖尼克陰表演中彈死去，碧海順勢抱著圖尼克陰表演哀哭。

圖尼克陰：（迴光返照）在我死前，我想告訴你一個故事。一個色情故事。
碧海：（假哭）這也是攝影教學的一部份？
圖尼克陰：（假痛掙扎）攝影本來就很色情啊。
碧海：鏡頭是陽具，攝影像射精。
圖尼克陰：噢，你學得很快。
碧海：我是個好學生。
圖尼克陰：（假吐血）我快不行了。
碧海：都是我不好，不該射你。
圖尼克陰：沒關係，讓我把故事講完。

碧海：你一邊講，我一邊射。（舉起相機續拍）

圖尼克陰：很久很久以前，有一個大戶人家，生了個獨生女，因為很寶貝女兒的貞操，特別請道姑來教她女工。不久，這個女兒懷孕了，父母親一氣告到衙門，懷疑道姑是男人假扮的。於是官府把道姑抓來驗明正身……道姑確實是個女人沒錯，正百思不得其解，這時有人說了一個類似案例，說某年月日某地也有道姑誘拐良家婦女讓人懷孕，不過那個道姑是「二形人」。

碧海：二形人？

圖尼克陰：雌雄同體，陰陽人。平常是女人，興奮之後陰蒂膨脹變成陽具，成了男人。（伸手轉動碧海手上相機伸縮鏡頭）堅挺壯碩與正常男人無異。

碧海：後來呢？

圖尼克陰：官府聽了這個案例之後，又把道姑抓來，在她的陰戶上澆上肉汁，讓一隻狗舔舐……

碧海：（手握相機鏡頭對準圖）陰蒂膨脹變成陽具，堅挺壯碩與正常男人無異？然後呢？

圖尼克陰：因為無法可依，情況特別，官府給道姑做了手術，切除陰蒂，成了真正的女人，這個道姑也無罪開釋。

碧海：沒有陰蒂的女人跟沒有陽具的男人一樣淒慘。我知道這個故事，不過，我聽到的是另外一個版本，那個道姑沒有那麼幸運，她被判有罪，最後被殺頭了。

圖尼克陰：雌雄同體有罪？

碧海：一個人可以是男人也可以是女人，看他和誰在一起。

圖尼克陰：這很完美。

碧海：不過，下場是被砍頭。

圖尼克陰：那也不一定。（複製「陰本第四場」圖漢民對刺桐附耳說話戲劇動作——圖尼克陰跟碧海說話，碧海蹙眉搖頭。）

真的，請相信我。（圖尼克陰又附耳說話，碧海再搖頭）哎，真的，我拿我的性命擔保，我說的都是真的。（複製「陰本第四場」小弟拿台灣紅花巾罩住刺桐戲劇動作——圖尼克陰拿同款花巾覆蓋碧海，鑽入。圖尼克陰、碧海在花巾裡性愛。）

碧海：哎，我知道……你好硬。

你好濕。

圖尼克陰：哎，你終於知道。

碧海：有沒有音樂？

圖尼克陰開了收音機。傳來音樂。兩人持續性愛。

收音機插播陳水扁當選二〇〇〇年總統新聞。

碧海：啊⁉等一下。你聽！（輕笑。閩話）台、灣、變、天、了！

圖尼克陰：（忍不住罵出）幹。

碧海：幹什麼？

圖尼克陰：我不喜歡。

碧海：不喜歡幹？

圖尼克陰：（笑出）哎，你真是我的真命天女，我的台灣之光。

碧海：台灣之光？

圖尼克陰：我的靈光，我的寫真女神，你照亮了我。

碧海：幹。

兩人鑽出花巾，相視而笑。複製「陰本第四場」圖漢民對刺桐的求愛戲劇動作——圖尼克陰牽碧海手，在其左掌心寫下「女」字，右掌心寫下「子」字。

圖尼克陰：這是「女」字，這是你的過去。這是「子」字，這是我期望的未來。（將碧海二掌合攏）兩字放在一起，成了「好」字。這是現在。我們。好嗎？

碧海：啊？

圖尼克陰拿出婚戒，幫碧海戴上。

碧海：你特別去買的？

圖尼克陰：這是父親給母親的婚戒。

碧海：你早計劃好的？

圖尼克陰：「航海計劃」成功！

碧海：航海計劃？你占我便宜！

圖尼克陰：你是我的碧海。

碧海：幹！變天了。

海潮聲。

轉場。

海潮聲漸趨洶湧，似要漫淹整座劇場。潮聲隱約夾雜電視新聞三一九槍擊案報導。

二〇〇四年總統大選開票傍晚。圖尼克工作的攝影棚。

攝影棚投影圖尼克去中國寧夏拍的西夏王朝遺址照片。

一相機架在腳架上。圖尼克陽透過延長的快門線為自己和碧海進行「家園寫真計劃」拍攝。

兩人都戴著與「陽本第十四場・羊戲」同款羊角帽飾。

聽完新聞，圖尼克陽、碧海兩人呆立。

圖尼克陽：騙子。騙子。

碧海：你是說他還是說我？

圖尼克陽：都是。

碧海：我們還要繼續拍攝你的「家園寫真計劃」？

圖尼克陽：當然，我下星期要佈展。（投影照片）西夏李元昊王陵。

碧海：我對這些王朝遺址文物實在沒有太多情感。我的家不在那裡，我也不是羊變來的……

圖尼克陽：嫁雞隨雞，嫁狗隨狗。

碧海：嫁羊不一定要成為羊啊，你好霸道。（拿下自己頭上羊帽飾）

圖尼克陽：愛有多深，恨就有多深。

碧海：這是寫真基調嗎？聽來像低成本連續劇台詞。

圖尼克陽：欺騙。欺騙。

碧海：騙得了彼此，騙不了鏡頭。（勉強戴上羊帽飾，走進投影裡，以西夏王陵影像為背景，擺出觀光客般虛假笑容。）

圖尼克陽：（命令）往前一點。往右一點。不要往左！（怒）看鏡頭！（調整完碧海的位置後，走至碧海旁，兩人一起對鏡頭「甜蜜」微笑，圖尼克陽以延長的快門線按下快門。）

圖尼克陽投換照片。

圖尼克陽：西夏李元昊離宮佛塔。
碧海：有特別典故嗎？
圖尼克陽：不重要，對鏡頭微笑就好。
碧海：（看圖尼克陽手上快門線）可以讓我按快門嗎？也許這樣我會投入些。
圖尼克陽：你還是很誠實。
碧海：我一直很誠實。
圖尼克陽：攝影很誠實。
碧海：不，是攝影機很誠實。

兩人裝出笑臉。碧海拿過快門線按下快門。

圖尼克陽：為什麼老是喜歡和我抬槓？
碧海：以前你讚美這是機智……
圖尼克陽：我不想吵架。
碧海：我也不想。
圖尼克陽：我們終於有了共識，再一張。（兩人擺出笑容）

圖尼克陽投換照片。

圖尼克陽：賀蘭山。一九四九年離開寧夏前，祖父母、父親曾以這山為背景，拍了家族照片。

碧海：「踏破賀蘭山缺」，我還記得這歌詞，描述岳飛如何忠黨愛國消滅胡人……你到底在想什麼？這個「家園寫真計劃」好虛假。

圖尼克陽：不要批評我的寫真計劃。寫真無法寫實，所有的照片都是擺拍，只是擺拍的比例多少。沒有寫真的照片。

碧海：問題是，我無法讓你擺拍了啊。

圖尼克陽：我是個攝影師。

碧海：我是個人。

圖尼克陽：我是個丈夫。

碧海：我是個失敗的妻子。

圖尼克陽：微笑。

兩人面對鏡頭微笑。圖尼克陽按下快門。

圖尼克陽投換照片。

圖尼克陽：騰格里沙漠。西夏帝國與北宋周旋的戰場。父親越過這個沙漠輾轉來到台灣。

碧海：你的眼睛總是望向西北大陸。

圖尼克陽不理碧海，繼續投換照片。

圖尼克陽：耗盡父親一生心血的西夏文。（複製「陰本第四場」圖漢民的話與神情）

「與其說西夏文字是漢字的模仿，更像是坦露著心事的漢字，表面的意義和內在的隱喻糾結一起，像光和影，同時顯現……」

圖尼克陽投換照片。

圖尼克陽：迦陵頻伽鳥，父親的保護神。好像對著我們微笑……（命令碧海）微笑。

碧海：不要一直叫我微笑。

圖尼克陽：微笑。

兩人微笑。圖尼克按下快門，投換照片。

圖尼克陽：寧夏毛澤東紀念館。
碧海：（看到毛澤東像）天哪，我真想哭。
圖尼克陽：我才想哭。

碧海欲轉身離開。

圖尼克陽：回來，我還沒拍完。我痛恨任何形式的遺棄。
碧海：你的相機愛我，比你愛我多些。
圖尼克陽：我得把世界拆成碎片，否則無法安身立命。
碧海：你用快門、光圈、曝光值精算這個世界。所有的人、事、物都只是你的想像殘骸。我們比你的照片更為虛妄。在你眼中，我們都無意義。
圖尼克陽：我盡力寫真。
碧海：（流淚）寫真不是關於你看到的，是你忽略的。
圖尼克陽：把眼淚擦掉。我不要拍到眼淚。
碧海：我只剩眼淚。
圖尼克陽：得看清楚世界，才不會流淚。

碧海：視力的本質不是眼睛，是眼淚。

二人僵持一會兒，圖尼克陽拍下滿是淚痕的碧海。

海潮聲。轉場。

八、黃色房間（Ⅱ）

播放圖尼克殺妻監視器影片。

蝴蝶旅館黃色房間。槍聲（快門聲）。圖尼克陰從殺妻惡夢驚醒。

圖尼克陰拿下防失眠「睜眼眼罩」。看著手上的黃色房卡，有些茫然。

室內電話響起。圖尼克陰遲疑了一下，接電話。電話傳來陌生又似曾相識男人聲音。

男人／圖尼克陽（聲音）：請問……你是？

圖尼克陰：啊？

男人／圖尼克陽：對不起。我是……（雜音）

圖尼克陰：誰？

男人／圖尼克陽：你是？（更大雜音）啊，我是……（雜音淹沒人聲）

對方掛掉電話。

圖尼克陰頭痛，拿出止痛劑，吞服。

室內電話又響，另一女人，聲音似圖尼克妻子碧海。

女人／碧海（聲音）：您好，這裡是七樓「我佛Spa」，配合旅館周年慶活動，特別推出按摩舒壓「雙頭佛」套裝活動，目前正七折優惠，還加送下午茶招待卷……

圖尼克陰：我佛？

女人／碧海：我佛慈悲。西夏是個崇尚佛教的國家，歷任皇帝廣建佛塔寺廟，將佛經譯成西夏文，從上至下，人人學佛，身心靈合一。我們本著這樣的精神，推出「西夏雙頭佛」舒壓療程，喔，說錯了，現在改名叫「蝴蝶雙頭佛」……旅館換了經營者，名字也跟著改了，不管是「西夏雙頭佛」或「蝴蝶雙頭佛」，都是雙頭佛，換了名字，但內容本質一樣，我佛還是慈悲……

圖尼克陰：我不需要。

女人／碧海：先生您聽來很累，我想您很需要。「雙頭佛」療程是特別針對現代人身分認同自我迷失所引起的偏頭痛而設計的，透過頭部穴道的刺激活絡，讓您一個頭兩個大，喔，不，是讓您左、右腦和諧運作，既邏輯嚴謹又想像無限，理性與感性兼具。

圖尼克陰：我要掛電話了。

女人／碧海：先生，就算幫我做個業績吧，這星期我一個客人也沒有……

圖尼克陰：（勉為其難）好吧。

女人／碧海：要幾個？

圖尼克陰：什麼幾個？

女人／碧海：來七個吧。整套。我來安排，保證您「與自己同住，歡喜常駐」。

圖尼克陰：啊？喂？喂？

女人掛電話。

一號芳療師登場，男演員反串女芳療師。

芳療師一：我是你的一號芳療師。請閉上眼睛。

圖尼克陰：你也要我冥想？

芳療師一：（搖頭）請閉上眼睛。

圖尼克陰閉上眼睛。

芳療師一：摸我。

圖尼克陰：啊，摸哪裡？
芳療師一：都可。看你想摸哪裡就摸哪裡。
圖尼克陰：我不明白。
芳療師一：換另一種方式感受，用你的指尖你的皮膚你的觸覺。
圖尼克陰：我……（遲疑）
芳療師一：害羞？以前沒做過類似療程？
圖尼克陰：第一次。
芳療師一：第一次更好。用你的直覺，交給手指，不要怕。

圖尼克陰伸手開始觸摸芳療師臉、頸……遲疑了一下，往胸部移動。撫摸，再往腰部移動。移動至小腹，停了許久。繼續往下移動……

圖尼克陰：（手摸至芳療師下體）啊，你是？
芳療師一：感覺如何？
圖尼克陰：如果我有相機……
芳療師一：相機能證明什麼？不要依賴相機……

圖尼克陰：好。

芳療師一：繼續。

圖尼克陰：繼續什麼？

芳療師一：想做什麼就做什麼。

圖尼克陰：謝謝。我……我想一邊聊天一邊……（找話題）你哪裡人？

芳療師一：我在阿里山出生。

圖尼克陰：阿里山的姑娘？

芳療師一：（笑）謝謝你的讚美。

圖尼克陰：我沒去過阿里山。

芳療師一：真的假的？第一次聽到有台灣人沒去過阿里山的，怎麼可能？

圖尼克陰：我也覺得不可思議。也不知道為何就是沒去過。

芳療師一：你不喜歡台灣？

圖尼克陰：冤枉啊，我喜歡阿里山的姑娘。

芳療師一：怎麼不動了？

圖尼克陰：我想幫你拍照。

芳療師一：唉。

圖尼克陰：我可以睜開眼睛了嗎？
芳療師一：我得走了。
圖尼克陰：結束了？
芳療師一：我失敗了。
圖尼克陰：失敗了？
芳療師一：沒事。走了。掰。（退場）

芳療師二登場，女演員扮演女芳療師。

芳療師二：你好。我是你的二號芳療師。請閉上眼睛。
圖尼克陰：又是閉上眼睛？（閉眼）
芳療師二：聞我。
圖尼克陰：吻你？
芳療師二：聞我。用鼻子。
圖尼克陰：怎麼聞？
芳療師二：像小狗一樣的聞。

圖尼克陰：不懂。

芳療師二：用你的鼻子去認識世界，從聞我開始。放心，我很好聞的。不同的部位，有不同的味道，療效也不同。聞我愛我，包你百病全消。

圖尼克陰：我……

芳療師二：（吸鼻子用力嗅，露出可愛樣）我先示範，你可以這樣聞，也可以那樣聞，看你的創意。聞我！

圖尼克陰試著聞芳療師的臉、頸、胸部、腰、腹、腿、腳……

芳療師二：聞到什麼？

圖尼克陰：你中國來的？

芳療師二：不是，但我爸爸是山東人，我媽是貴州人。

圖尼克陰：你在眷村長大？

芳療師二：（搖頭）我在花蓮海邊長大，我父親不是軍人。我出生時他年紀就很大了。我哥哥姊姊年紀都大我很多，我還是小孩的時候，他們都有自己的家庭和小孩了。

圖尼克陰：所以你父親到底是做什麼的？

芳療師二：我也不知道，他神祕兮兮的，他在做什麼也不讓我們知道，家裡從來也沒人提。

圖尼克陰：難不成他是情報員？

芳療師二：或許他真的是情報員噢。

圖尼克陰：（繼續嗅聞）我想把你的味道記下來。

芳療師二：怎麼記？

圖尼克陰：我在想如何用相機記錄味道……

芳療師二：好了。時間到了。

圖尼克陰：啊？

芳療師二：我失敗了。再見。掰。（退場）

芳療師三登場，女演員反串男芳療師。

圖尼克陰：閉上眼睛？

芳療師三：是的。

圖尼克陰：這次是什麼？

芳療師三：吃我。
圖尼克陰：吃你？
芳療師三：用舌頭舔，用牙齒咬，用嘴巴吃。
圖尼克陰：我……這個芳療法很激進。
芳療師三：你病入膏肓，只好下猛藥。
圖尼克陰：你哪裡人？
芳療師三：蒙古。
圖尼克陰：外蒙？
芳療師三：內蒙。
圖尼克陰：我去過外蒙。
芳療師三：你是我遇到的第一個去過外蒙的客人。

圖尼克陰試圖用嘴巴親近芳療師，但失敗。不斷嘗試、失敗。

圖尼克陰：對不起。
芳療師三：你不想吃我？

圖尼克陰：對不起，實在太複雜，我是說這個情況太複雜，我有點不知該怎麼形容……

芳療師三：因為我是中國來的？

圖尼克陰：我……（轉移話題）為什麼這個療程叫「蝴蝶雙頭佛」？

芳療師三：你是說「西夏雙頭佛」？西夏雙頭佛是西夏的國寶，是真的佛像喔，現在保存在俄羅斯的博物館裡。

圖尼克陰：佛像真的有兩個頭？

芳療師三：西夏民間流行雕塑佛像，據說有兩個窮人各拿五兩錢去塑像，不過一尊佛像要十兩錢，於是塑像師就把兩人的佛像雕在一起，共用一個身體……

圖尼克陰：他們得拜同一個佛了。

芳療師三：但這兩個人都想單獨擁有自己的佛，爭執不下，最後，佛像流淚了……

圖尼克陰：佛像流淚？怎麼可能？

芳療師三：許多西夏的佛像都流著淚，不信你去咕狗一下。

圖尼克陰：為什麼流淚？

芳療師三：有人說，佛預知了西夏亡國滅種的未來，為自己也為西夏哭泣。

圖尼克陰：真的假的？

芳療師三：（笑）也有人說這只是穿鑿附會，流淚是因為佛像的「眼影」遇熱融化，顏料流了下來，所以看起來像佛哭了……

圖尼克陰：佛哭了⁉我好想拍「佛哭了」……

芳療師三：我要哭了。哎，我得走了。再見。（退場）

圖尼克陰：又走了？

芳療師四登場，男演員扮演男芳療師。

圖尼克陰一看到芳療師來，即閉上眼睛。

芳療師四：為什麼閉上眼睛？

圖尼克陰：不是應該閉上眼睛？

芳療師四：才幾個芳療師，你就已經被制約。他們把你調教得很好。

圖尼克陰：可是我冥頑不靈，他們最後都失敗了。

芳療師四：聽我身體裡的聲音。

圖尼克陰：我喜歡這個。（趴在芳療師身上傾聽不同部位的聲音）

芳療師四：不同的部位，發出的聲音也不同。

圖尼克陰：你……

芳療師四：我台灣的。不過，我媽媽是菲律賓人，來台灣工作，被僱主強暴生下了我。我沒見過我的父親，聽說，他住在中正區，為政府工作。

圖尼克陰：（傾聽芳療師小腹聲音）我聽見了海的聲音。

芳療師四：你很幸運，我剛好月經來。這是血的聲音，像海浪一樣，溫暖又有力量。

圖尼克陰：我想起我的妻子，她叫碧海。她出生的時候，太平洋大聲叫「好」。

芳療師四：你想見她？

圖尼克陰：可能嗎？

芳療師四：你不想拍照了？

圖尼克陰：（仍趴在芳療師小腹上）我想念碧海。

芳療師四：張開眼睛，看我，（圖尼克陰看芳療師四），你會擁有一片海洋的。祝福你。再見。（海潮聲起）

圖尼克陰：啊，這麼快就走了？

芳療師四退場。芳療師五碧海登場。

圖尼克陰：（驚訝）你是五號芳療師？
碧海：我幫你送白色房卡來。
圖尼克陰：我不要去什麼白色房間，我要留在這裡，和你一起。（拿起相機）
碧海：放下你的相機，我們好好說話。
圖尼克陰：你終於回來了。
碧海：我一直都在，圍著你，只是你都沒看見。
圖尼克陰：你還是覺得我是個蠻族，是個胡人？
碧海：是你一直覺得自己是個蠻族，是個胡人……（停頓）你找到你一直疑惑的答案了嗎？
圖尼克陰：我……你有沒有曾經對我不忠？我沒想到事情會如此演變，我沒想到會永遠失去你。
碧海：（轉移話題）告訴我你這一路上都碰上了些什麼好玩的事了？
圖尼克陰：（悲傷）沒什麼可說的……不過，有很長的一段時間，我和一群奇怪的人被困在一棟奇怪的旅館裡。每個人都被自己的回憶、怨念和故事所困擾著。
碧海：你怎麼會把自己弄成這個模樣？多久沒好好睡覺了？
圖尼克陰：我看起來是不是很狼狽？

碧海：（溫柔鼓勵）微笑。

圖尼克陰：我當然知道模仿父親或祖父或祖先的流浪是件蠢事……但不這樣我的心不得安定。我也慢慢明白為何我無法安身立命於自己出生的這座島嶼，因為我總是用顛倒相反的方式在看周遭的事，那變成一種習慣，甚至渴望……

碧海：海島對沙漠、繁體字對滅絕的西夏文、移民後裔擠爆的小島對荒涼早已空蕩蕩的西夏人墳塚、訴求獨立建國的革命分子對早已亡國滅族的幽靈……這是一個恰好相反的世界！

圖尼克陰：我真想哭。

碧海：（溫柔安撫）微笑。（圖尼克陰流淚）「眼淚而非視力是眼睛的本質。只有人類知道如何超越看見與知道，因為只有他知道如何哭泣。」

圖尼克陰：你還是一樣機智。

碧海：你也還是老樣子。

圖尼克陰：我還是西夏人圖尼克？

碧海：不，你是台灣人，蝴蝶。

寂靜。

圖尼克陰：我是該哭還是該笑？
碧海：（鼓勵）微笑。我該走了
圖尼克陰：你還是要離開？
碧海：你得單獨走完你的旅程。走了。再見。
圖尼克陰：你終究還是要離開我。
碧海：我說過，我一直都在，一直陪著你。不要忘了微笑。
圖尼克陰：（似有所悟）謝謝妳。
碧海：謝謝你。（退場）

六號芳療師圖尼克陽捧「金色帽盒」登場。

圖尼克陽：你好。我是你的五號芳療師。
圖尼克陰：五號芳療師剛剛已經來過，你說謊。
圖尼克陽：先生，你一定有幻覺。
圖尼克陰：不，我才和碧海說過話。

圖尼克陽：碧海？你又作夢了。（暗示碧海的頭顱在帽盒裡，將帽盒推向陰）你忘在西夏旅館的金帽盒，我幫你帶來了。

圖尼克陰：（不敢打開帽盒，又將帽盒推回陽）這不是碧海。

圖尼克陽：（將帽盒推回陰）你殺了她？

圖尼克陰：（將帽盒推回陽）你殺了她？

圖尼克陽：（推回）我沒有。

圖尼克陰：（推回）我沒有。

圖尼克陽：（推回）我不相信你。

圖尼克陰：（推回）我不相信你。

圖尼克陽：不要學我說話，你以為是在表演照鏡子嗎？真蠢！

圖尼克陰：不要罵我笨蛋。

圖尼克陽：我沒罵你笨蛋，我只是說你蠢。

圖尼克陰：為什麼你老是羞辱自己貶低自己？

圖尼克陽：你在跟我抬槓嗎？

圖尼克陰：碧海說……

圖尼克陽：碧海已經被你……

圖尼克陰：我聽不懂你在說什麼！連自己都不了解，難怪拍出來的東西……
圖尼克陽：不要批評我的寫真。
圖尼克陰：何為真？何為假？
圖尼克陽：我是真的。
圖尼克陰：我是真的。
圖尼克陽：你是假的。
圖尼克陰：你是假的。
圖尼克陽：我是假的。
圖尼克陰：我是假的。
圖尼克陽：你承認你是假的了。
圖尼克陰：幼稚！
圖尼克陽：你學會反擊了？
圖尼克陰：我們可不可以和平共處？免得落得像雙頭鷹的下場。
圖尼克陽：吵架時，你才會想到雙頭鷹，為什麼不時時提醒自己，老愛和我過不去？
圖尼克陰：總要有人先讓步。
圖尼克陽：你讓步。

圖尼克陰：你讓步。
圖尼克陽：我想聽雙頭鷹的故事。
圖尼克陰：我想聽雙頭鷹的故事。
圖尼克陽：很久很久以前有一隻鷹，它有兩個頭。
圖尼克陰：一個頭覺得自己是陽性。
圖尼克陽：另一個頭覺得自己是陰性。
圖尼克陰：他們都希望對方不存在，都希望可以獨占唯一的身體。
圖尼克陽：有一天，他們看到一個味道極甜美但含有劇毒的果子。
圖尼克陰：他們不懷好意，都希望對方吃下那個有毒的果子死掉，好獨占共有的身體。他們不斷說服彼此……
圖尼克陽：這個果子實在太美味了，我愛你，我讓你。
圖尼克陰：我更愛你，只有一顆，你吃吧。
圖尼克陽：我愛你，你吃。
圖尼克陰：我愛你，你吃。
圖尼克陽：我愛你，你吃。
圖尼克陰：我愛你，你一定要吃。

圖尼克陽：最後，禁不起煽動說服……

圖尼克陰：我吃下了那顆有毒的果子。

圖尼克陽：本以為我可以獨占唯一的身體……

圖尼克陰：可是我們都死了。

圖尼克陽：因為我們共用一個身體。

圖尼克陰：學到教訓了？

圖尼克陽：學到教訓了？

圖尼克陰：我們要常常說這個故事。

圖尼克陽：提醒自己，和諧相處。（看到陰手中的白色房卡）這是什麼？

圖尼克陰：碧海給我的房卡。

圖尼克陽：我也要。

圖尼克陰：不行。

圖尼克陽：這是我的。

圖尼克陰：這是我的。

圖尼克陽：你的就是我的。

圖尼克陰：你的就是我的。

兩人爭奪起房卡，圖尼克陰順手把房卡放入胸前衣服內，圖尼克陽伸手欲入陰的衣服。

兩人拉扯轉激烈。陽執意要脫掉陰的衣服，陰不斷抵抗。

轉身。拉回。逃。追。倒。扭。陰衣衫不整，陽陷入狂怒。

尖叫。嘶吼。如獸般，兩人在劇場裡跑來跑去。最後，二人跑進後台。

觀眾可從監視器看見無聲影像：二人赤裸，看似摔角扭打又似激烈性愛。

最後畫面停格。二人合一。

傳來如下聲響：

室內電話響起，有人接起電話。

羅乙君的聲音：圖尼克先生你好，歡迎參加我們的台灣之光寫真比賽，七號芳療師已經在白色房間等你。請攜帶你的白色房卡即刻前往。相機出草獵人頭遊戲越來越精彩，不要忘了你的相機，祝你有個美好的夜晚。「與自己同住，歡喜常駐」，感恩。（掛上電話）

九、白色房間

圖尼克陽、台荔、家羚、家卉和白琴、范（仲淹）阿姨、安金藏玩牌。桌面中央放著「金帽盒」。

台荔：來玩「暗殺皇帝」。
白琴：這遊戲好，促進民主。
范阿姨：直接跳過抗爭、運動、革命，有效率又刺激，我喜歡。
安金藏：贏的人有獎品嗎？
台荔：贏的人可以得到這個「金帽盒」。
家卉：「金帽盒」裡是什麼？
家羚：要問提供禮物的人啊。（做割喉動作，暗示帽盒裡是一顆頭顱。眾人轉頭看圖尼克陽。）
圖尼克陽：我是來參加「蝴蝶雙頭佛」Spa 療程的，這裡不是白色房間？

台荔：這裡是白色房間，不過，你的七號芳療師還沒出現，這樣吧，先跟我們一起玩遊戲。

家卉：「暗殺皇帝」超刺激，你一定會喜歡。不過，這帽盒裡到底是什麼？（欲打開，圖尼克陽趕緊搶走帽盒）

台荔：（制止）家卉！贏的人才有資格打開帽盒。（將帽盒放好）現在，誰也不准碰。我當判官，我先說遊戲規則：大家抽牌（拿出數個麻將牌），抽到「紅中」的人當殺手，殺手偷偷告訴我他要暗殺的皇帝，然後大家再猜兇手是誰。每個人先取名字吧。

圖尼克陽：取名字？

台荔：遊戲叫「暗殺皇帝」，大家都取個皇帝名字，互幹起來才痛快。

家卉：我要演武則天。

白琴：霸氣，適合妳。我要演「嵬名曩霄」。

范阿姨：嵬名曩霄？太難記了，直接叫李元昊吧。你演李元昊，我就演成吉思汗。

白琴／元昊：不要叫我李元昊，我和我老子不一樣，我才不希罕「大」唐皇帝的賜姓。我不姓「李」，我姓「嵬名」。你沒讀過歷史嗎？我一獨立建國，就改名叫「嵬名曩霄」了。

范阿姨／成吉思汗：獨立建國尋根改名有啥用？子孫不肖，兩百年後，西夏照樣亡國，還是我成吉思汗滅你的國，哈。

白琴／元昊：（怒視成吉思汗）君子報仇，兩百年不晚。等一下看我怎麼殺你個痛快。

安金藏：（悠悠地說）我演陳水蝙。

家羚：那我只好演馬英韮奉陪了。韮、蝙之爭，好戲連台，敬請期待。

蔣介石羊登場。

蔣介石羊：我也要玩，我是蔣介石！等一下誰敢偷偷演「張學良」，我咬你，咩。

台荔：你怎麼來了，你不是應該在西夏旅館？

蔣介石羊：當羊好無聊，我要當皇帝。

台荔：連羊都想當皇帝，難怪台灣不會進步。圖尼克呢？你要演誰？

圖尼克陽：我不知道。大家好像都很熟，我只是插花外人……（一陣噁心，想吐）

台荔：別老說自己是外人，這樣吧，你一直說自己是胡人，你演甘迺迪好了。（眾人嘩笑。台荔發牌，眾人取牌看牌，不露聲色）請大家閉上眼睛，不可以偷看。抽到紅中的請舉手。（圖尼克陽舉手）好的，麻煩殺手告訴我你想暗殺哪個皇帝……（圖尼克陽偷偷指了成吉思汗）好的，殺手已殺了尊貴勇猛的世界之王成吉思汗，大家可以睜開眼睛猜殺手是誰了。

眾人喧譁。

范阿姨／成吉思汗：誰誰誰？誰殺了我？（環視打量每一個可疑的人，眾人搖頭否認）
白琴／元昊：我真想殺你，可惜不是我。
家卉／武則天：也不是我。
安金藏／陳水蝙：（閩話）人不是我殺的。
范阿姨／成吉思汗：武則天？
蔣介石羊：武則天殺成吉思汗？你演時空穿越劇喔。
台荔：決定誰是兇手了？猜錯出局噢。
范阿姨／成吉思汗：（指認）你！馬英菲！你這個殺人兇手！
家羚／馬英菲：（大樂）錯！

眾人大笑，成吉思汗出局。

台茘：第二回合，大家閉上眼睛。開始暗殺皇帝，請準備……（圖尼克陽暗指陳水蝙，台茘大笑）好，太好。請大家睜開眼睛，我們即將進入歷史性的一刻。陳水蝙！誰暗殺陳水蝙？三一九槍擊案即將水落石出。

安金藏／陳水蝙：阿蝙錯了嗎？錯了嗎？誰開的槍？害我又當了四年皇帝，還被一群穿紅衣服的人羞辱。誰跟我有這種深仇大恨的？（打量所有人）

圖尼克陽一陣噁心，又想吐。

蔣介石羊：（對蝙）你搞台灣獨立，分化族群，想把外省人趕回中國，我真想殺你，可惜不是我。

安金藏／陳水蝙：哈哈，外省人都想殺我，所以，不是你圖尼克（指圖尼克陽），就是妳馬英韮（指家羚／馬英韮），你們兩個嫌疑最大。

台茘：不要隨意指控，要想清楚，這是歷史關鍵，你的答案將嚴重影響台灣政局。

陳水蝙：妳！馬英韮，（指家羚）就是你，你不讓我假釋，關了我那麼多年，我被你害到破病都快失智變笨蛋了，妳還不放我出去，你分明想讓我死在牢裡，就是你，滿口司法獨立，依法行政，你這個假仁義偽道德的殺人兇手……（激動抓緊家羚欲揮拳）

家羚／馬英韮：打啊，打啊，你敢打馬英韮皇帝？你敢打女人？
陳水蝙：看看你把台灣搞成什麼樣，你比我還不如，你他媽的圈圈叉叉叉叉圈圈……（後面一串聽不清字義的惡罵聲）
馬英韮：你撕裂族群！
陳水蝙：你亡國賣台！
馬英韮：你這個台灣民族主義者！
陳水蝙：你這個漢沙文主義者！
馬英韮：作你的獨立大夢！
陳水蝙：作你的統一大夢！
馬英韮：你貪污！
陳水蝙：你媽寶！
馬英韮：你怕老婆！
陳水蝙：你比我更怕老婆！
馬英韮：你辜負台灣人！
陳水蝙：你欺負台灣人！
馬英韮：你對不起台灣！

陳水蝙：你比我更對不起台灣！
馬英韮：你，你，台灣！
陳水蝙：你，你，中國！
馬英韮：你，你，台灣！
陳水蝙：你，你，中國！
馬英韮：你，你，台灣！
陳水蝙：你，妳，婊子！
馬英韮：你敢罵我婊子，你這隻沙豬！看我的……（伸手抓握）

家羚／馬英韮氣得衝向陳水蝙，眾人勸架，混亂如立院幼稚群架。

台茘：停！都給我閉嘴！台灣被你們吵成罵人的髒話了。不准再吵！也不准再罵女人。你們這些自以為是的怕太太媽寶政客，骨子裡一個比一個還沙豬。

圖尼克陽嘔吐嚴重，站起，衝向旁邊。眾人停下吵鬧看他。

家卉：如果你不是男人，我會以為你懷孕了。
范阿姨：我想他懷孕了。
白琴：一個扁再加一個馬，騙子！都是騙子！這在演啥戲碼啊？男人怎能懷孕？
蔣介石羊：羊都能當皇帝了，還有什麼是不可能的呢？

圖尼克陽開始陣痛。

台荔：我想他要生產了。

圖尼克陽陣痛轉激烈。
羅乙君登場拿台灣紅花巾覆蓋圖尼克陽。
一番奮力苦痛，圖尼克陽產下一蝶蛹，昏迷過去。

家卉：這是什麼？
羅乙君：（抱蝶蛹）七號芳療師，台灣之光。
家羚：（看圖尼克陽）他昏過去了，又錯失一次知道真相的機會。

眾人輪抱蝶蛹。

范阿姨：這是人？還是蝴蝶？
蔣介石羊：公的？還母的？
羅乙君：人或蝴蝶，查某還是查甫仔都可以。我們民主一些，讓它長大自己決定。
白琴：我們該如何慶祝新生呢？
羅乙君：跳舞吧。我宣布蝴蝶舞會開始。

眾人歡喜。
藍白拖大樂團奏起〈跳舞時代〉音樂，賓客湧入，蝴蝶舞會開始。

眾人跳舞歌唱：阮是文明女，東西南北自由志，逍遙佮自在，世事怎樣阮不知。阮只知文明時代，社交愛公開。男女雙雙，排做一排，跳TOROTO，我尚蓋愛。舊慣是怎，新慣到底是啥款，阮全然不管，阮只知影自由花。定著愛結自由果，將來好不好，含含糊糊，無煩無惱，跳TOROTO，我想尚好。有人笑阮呆，有人講阮帶癡睚，我笑世間人，癡睚懵懂憨大呆，不知影及時行樂，逍遙甲自在。來，排做一排，跳TOROTO，我尚蓋愛。

十、父親的陰本／字謎七：愛

上字卡：**父親的陰本**

西夏旅館1949號房。槍聲（快門聲）。圖尼克陰從惡夢驚醒。

圖尼克陰：（自語）像一場醒不來的夢，我又回到了原點。（拿下防失眠「睜眼眼罩」。發現已全盲的父親圖漢民埋首寫字）

圖漢民：（焦慮）世界那麼大，我造出來的字，根本覆蓋不住那每天滋生冒出的新事物。就以新發明的殺人方式來說吧……就以遙遠的海邊，那些我們不曾見過，名目繁多的魚類來說吧……就以男人的嫉妒、女人的嫉妒、老人的嫉妒、帝王的嫉妒、對財富的嫉妒、對青春的嫉妒……這些不同的字，漢字裡都沒有，我該如何自虛空中亂抓亂撈發明呢？

圖尼克陰：你在做什麼？

圖漢民：我在發明文字。

圖尼克陰：這是什麼字？

圖漢民：（說謊）我找到一種完美的結構線條書寫這個字了。

圖尼克陰：這是西夏文？

圖漢民：（搖頭）我得另創新字，否則不足以重新描述這個世界。幫我看看這個字，我已經看不見我自己發明的字了。

圖尼克陰：這是？

圖漢民：我稱作「蝴蝶書」，是我觀察蝴蝶飛行的姿態所模仿出來的新文字。

圖尼克陰：這個字是「漢」？你想告訴我的那個字？

圖漢民：不。美蘭是偽造高手，安金藏是幻象大師，你怎能相信他們呢？我沒留任何空白信件給你，也沒要你去找安金藏猜字謎，你被他們聯手騙了……這才是我真正要給你的字。

圖尼克陰：如果美蘭嬤嬤和安金藏真的聯手欺騙我，那我在興慶府猜錯的那個字……

圖漢民：你只看到你想看的。你的答案是你想知道的，或自以為知道的。其實，你們每個字謎都猜錯了。

圖尼克陰：都錯了？

圖漢民：我從沒說那些字謎是西夏文啊。
圖尼克陰：不是西夏文？可是這是西夏文字藝術節……
圖漢民：那些都是我新創的蝴蝶書。
圖尼克陰：蝴蝶書？你騙了所有人……
圖漢民：不，是你們自己欺騙自己。我說過了，不要隨意相信你所見的。我從頭到尾都沒說那是西夏文，都是你們自己出題猜題，還演了一堆不符合真實的戲……
圖尼克陰：（看蝴蝶書）那這個字是？
圖漢民：第七個字謎。你那麼聰明，應該猜得到。
圖尼克陰：（再細看文字）我知道了。謝謝。
圖漢民：現在，可以帶我回家了嗎？
圖尼克陰：家？你是誰？
圖漢民：你是我的兒子。
圖尼克陰：這裡不是你的家？
圖漢民：旅館是旅館。旅館不是家。

沉默。

圖尼克陰：你從沒讓我拍過照，可以幫你拍張照嗎？
圖漢民：拍我？（遲疑）我有什麼好拍的？
圖尼克陰：我在尋找「台灣之光」題材。
圖漢民：光？我已經看不見了，眼前是一片黑暗。

更長的沉默。兩人對峙。圖漢民終於點頭。
圖尼克陰拍攝圖漢民失焦空茫眼神大特寫。
快門聲響如機槍聲。快門聲讓圖漢民顯得不安。
盲眼大特寫投影。
快門聲停，圖尼克陰看著父親流下淚。

圖漢民：拍完了？我們回家吧。（伸出手，虛弱蒼老）
圖尼克陰：（拭淚）你不知道嗎？這座旅館四面八方被水包圍著，我們哪裡也去不了啊。

十一、母親的陰本／字謎七：〇

上字卡：**母親的陰本**

蝴蝶旅館黃色房間。槍聲（快門聲）。圖尼克陽從惡夢驚醒。

圖尼克陽：像一場醒不來的夢，我又回到了原點。（圖尼克陽拿下防失眠「睜眼眼罩」。發現母親刺桐埋首畫畫）

你在做什麼？

刺桐：（笑）我發明了一個字。（在一張白紙上以婚戒描畫出一個圓。然後拿過圖尼克陽手中相機欲拍）

我想把它拍下來給你。這相機像玩具一樣，真好玩。

圖尼克陽：這是什麼字？（看圖形）一個句點？一個圓圈？一個無極圖？

刺桐：和你父親寫給你的最後一個字是同樣意思。

圖尼克陽：請問你是？

刺桐：「你」是你啊，不認得了？

圖尼克陽：這是哪裡？

刺桐：（閩話）怎麼跟你老爸同款，老把家裡當旅館，出去像失蹤，回來像撿到。

圖尼克陽：我回家了？

碧海捧「金色帽盒」登場。

碧海：包裹來了。

刺桐：請幫我打開。

圖尼克陽：這是什麼？

碧海：爸給媽的母親節禮物。（打開包裹，小心翼翼拿出雙頭佛）

圖尼克陽：西夏雙頭佛？

碧海：蝴蝶雙頭佛！

圖尼克陽：兩個頭的佛像，真少見，佛為什麼流淚呢？

碧海：怎麼回事，睡了一覺，什麼事都忘啦？

刺桐：比我想像中漂亮。讓我拍一下。（笑）我也想去參加台灣之光寫真比賽！（拍攝佛像流淚眼睛）哎，好難。

圖尼克陽：（露出難得笑容）我來。這是我的專業。（拍起佛像流淚眼睛）

佛像淚眼大特寫投影。圖尼克陽一邊拍一邊哼起愉快口哨。

十二、說書人的陰本

上字卡：**說書人的陰本**

圖尼克陰、陽躺在床上。拿出中國紅、黃、藍、綠、白、青色等六張房卡，開始拼接七巧板。

不過怎麼玩都覺得少一塊，無法拼成正方形。

羅乙君登場。

羅乙君：我可以加入嗎？

圖尼克陽：歡迎。

圖尼克陰：一直想找機會和你好好說話。

羅乙君：（掏出台灣紅房卡，補上）就差我這一塊。得有「台灣紅」，才能完整。

七巧板房卡終於拼成正方形。羅開始一一將房卡翻面。

隨著翻面動作，房卡背面呈現出「迷幻之蝶」圖案。

圖尼克陽：（看蝴蝶圖案）啊，原來是這樣。

圖尼克陰：事情不能只看一面。

羅乙君：也不能只看兩面，還有許多可能呢。（移動七巧板房卡，排列成一隻貓）蝴蝶也可以是一隻貓。（再移動七巧板房卡，排列成一隻天鵝）蝴蝶也可以是一隻天鵝。

圖尼克陽：（排列房卡成一個人）也可以是一個跳舞的人。

圖尼克陰：（排列房卡成房子）當然，蝴蝶是一個家。

圖尼克陰、陽更起勁玩耍七巧板房卡。

羅乙君看陰、陽和諧，拿起相機為兩人拍照。

羅乙君：看鏡頭。微笑。

圖尼克陰、陽同時露出笑臉。

十三、妻子的陰本

上字卡：**妻子的陰本**

碧海：經過這麼多的紛紛冗冗，我離開了圖尼克，開了一家有機商店自給自足，我的憂鬱症很快就好了。二〇四九年除夕，在跨年煙火的慶祝活動上，我遇見了數十年未見的羅乙君，他已經是個成功的商人，買下了西夏旅館重新裝潢，改名為「台灣之光大飯店」。羅乙君仍然喜歡說故事，晚上都會在自己飯店的俱樂部表演脫口秀，講述一些關於蝴蝶獨立建國的奇幻故事。我們很快成為無話不談的好朋友，他對我很照顧。

台灣仍是一個活力無限充滿矛盾的島嶼，各種議題的抗爭遊行不時上演，二〇五六年大眾要求多年的食物正義抗爭終於演變成武裝革命，我的有機商店成了地下游擊隊據點……不過，那是另外一個故事了……我的陰本故事到此結束，不管是仰望西北大陸或擁抱東方海洋，我想說的是，每個人生命之中，都有一座必須歷險的旅館，你的閱讀方式決定了你的命運。最後，祝福大家都可以擁有自主獨立的美麗人生，創造自

己的台灣之光。（拿起相機拍攝觀眾）你們是我的台灣之光。謝謝。再見。（鞠躬致謝退場）

十四、我的陰本

上字卡：**我的陰本**

播放影帶：翻動《蝴蝶書》書頁。頁角蝴蝶圖案如動畫般飛起。

十五、你的陰本

上字卡：你的陰本？

十六、春

上字卡：**春**。上下顛倒如貼春聯。

〈望春風〉音樂入。

演員一一登場自我介紹。

藍白拖大樂團演奏。

謝幕。

【陰本結束。全劇終】

導演訪談一

西夏迷霧，旅館煙雲——從小說啟程

採訪整理／李玉玲

關鍵詞之一

致敬

——創作的最初發想。

駱以軍是我非常欣賞的作家，過去，也曾想過改編他以九封書信與已故女作家邱妙津生死對話的小說《遣悲懷》，但因製作條件等因素，一直未付諸行動。二〇〇九年農曆年，我去義大利旅行，旅途中帶著上、下兩冊的《西夏旅館》，白天坐著火車旅行，晚上就在旅館看這部小說。

讀小說時腦袋產生很多畫面，難掩內心的澎湃，很久沒有看到結構如此龐大，意象如此繁複的文學作品。回國後，我向印刻出版社要了駱以軍的email，寫信向他致敬：這部小說太猛、太酷了！

雖然那時已有了改編的想法，但還沒想得很清楚，我和駱以軍說，如果要改編，起碼是八到十個小時的戲劇篇幅，駱以軍笑著回我：妳瘋了。後來，我和創作社行政總監李慧娜聊起想改編《西夏旅館》，她也覺得有意思，創作社向國家文化藝術基金會提出「第四屆表演藝術追求卓越專案」申請通過後，就開始了《西夏旅館．蝴蝶書》的創作。

關鍵詞之二

改編

——考慮過找小說家親自改編？

二〇一一年，我和慧娜約駱以軍出來見面，本想邀請他一同參與編劇，但駱以軍說，他已經完成《西夏旅館》的創作，那四年像是走了一趟「地獄」，好不容易從地獄歸來，不想再去面對。他要我放手去改編，即使內容和小說完全不一樣，只保留「西夏旅館」四個字也ＯＫ，給了我很大的創作自由。

關鍵詞之三

時間

——從一個開始，到另一個開始。

前後寫了兩個版本，第一版是二〇一二年寫的，那個版本更接近駱以軍的文字風格，比較小劇場，但對看戲的觀眾來說，會很辛苦，也許會在他的文字森林裡迷路。我一直思考：能不能找到更有趣的方式說故事，最後決定全部推翻重新練功。

我是「老人家」習慣早起，寫劇本那八個月，每天清晨五點半到六點半間起床，吃過早餐，看看新聞，喝杯咖啡讓腦袋甦醒後，開始寫劇本，寫到中午就不再工作，出門散步、拍照，或聽音樂、看書。我從二〇一三年六月一直寫到隔年一月底，終於完成八萬字的初稿劇本，心中的重擔放下後，農曆年就飛到印度旅行去了。

關鍵字之四

迷障

——駱以軍層層疊疊、密度極高的文字風格，常壓得人喘不過氣來，身陷其中迷失了方向，如何走出他的文字迷障？

這和過去的閱讀訓練有關，我不怕複雜的東西。況且，駱以軍是我心儀的作家，我對他的文字風格並不陌生，就像一棵樹雖然長出很多的枝枝葉葉，但我會先找到主幹（脊椎）和關鍵字；有點像寫論文，手邊一堆資料，必須先篩選那些是你需要的，那些是不要的。

這部小說就像一個巨大的森林，我也聽說很多人「陣亡」在裡頭，走不出來。當然，我也曾迷路過，怎麼走到這裡沒路了？幸好，經過一番廝殺，終於找到活路，走了出來。

從讀小說到完成劇本創作，我花了五年時間，不斷反覆閱讀，小說裡畫滿了線和記號，讀到頁碼都脫落了，我大概是駱以軍之外，對《西夏旅館》最滾瓜爛熟的人吧。

關鍵詞之五

訊息

——作為劇場版作品的基礎，從原著讀到什麼訊息？

這部小說有兩個重要的訊息（命題），一個是尋找父親，一個是殺妻。小說裡的父親，可以是親子關係裡真正的父親，也可以是蔣介石等某個政權的象徵父親；除了尋父，主角還涉入殺死並分屍本省籍妻子的懸案。

書中另一條線索，借用被蒙古滅亡的西夏帝國來隱喻台灣與中國的關係，整部小說談的是家國及身分的認同，是外省移民二代的焦慮。我就以尋找父親、殺妻和西夏帝國這三條線，重新建構起劇本書寫。

關鍵詞之六

瓶頸

——創作過程有碰到卡關的情況嗎？如何克服？

《西夏旅館．蝴蝶書》分為陽本和陰本，我企圖找到一個位子和駱以軍對話。陽本，比較照顧到原著，在梳理四十五萬字小說過程中，又想保留駱以軍的文字氣味，又覺得搬到舞台上，演員和觀眾都會很辛苦，就在這樣的矛盾中掙扎，最後決定豁了出去，就算被罵到臭頭，也要保留原著重要的文字風格。

原以為，寫完陽本我的痛苦就會結束。因為，陰本，「尋找母親」的內容，是我創造出來的，沒有原著的束縛，寫作速度應該會變快吧！沒想到，開始寫陰本時，完全寫不出東西，每天一大早坐在電腦前面，坐到中午毫無進展，卡關整整一個月。

小說家對文字意象的掌握太強大了，有著一定的高度，我的陰本要怎麼和他對話，才不會淪於自言自語，又不會過於小家子氣，好難！駱以軍是個天才，但我和偶像對話，也不能輸他太多呀！

那一個月，我在尋找要站在什麼位子說話，而這個劇本又能夠在劇場被導出來。慢慢地，思路打通後，好像一切水到渠成，陰本的寫作進展變快，有時一天就能寫出一場戲來。

二元

——談談《西夏旅館．蝴蝶書》陽本和陰本的概念。

我將主角圖尼克發展成為同時具有陽性與陰性兩種面貌。這個想法來自我對駱以軍的解讀：他的文字雖然很陽剛，但我在臉書看到他和孩子、寵物的相處，卻有著比我還溫柔的一面，我開始想像：如果駱以軍是女性，他會如何重寫《西夏旅館》？

整齣戲從形式到內容，都處在二元對話的關係中。駱以軍是外省二代男性作家，我是本省籍女性劇場導演；小說和劇場；陽本和陰本；台灣與中國；西夏與蒙古；尋找父親與尋找母親；文字與攝影……。

性別，是被社會建構出來的，但每個人的性格裡沒有絕對的陰性或陽性，都是「雌雄同體」。唯有陰陽取得平衡與和諧，才是人最完美的狀態。這齣戲的二元對位關係，可以是雌雄同體、雙胞胎、左右腦、本體與陰影、意識與潛意識、秩序與混沌、自我與異己等聯想。

我也在尋找文字與影像對話的可能性。圖尼克的父親是歷史學家，以文字思考，很像編劇的腦袋；圖尼克是攝影家，以影像思考，則近於導演的腦袋。陽本，是「西夏文字藝術節」猜謎活動；陰本，是「台灣之光」寫真比賽。透過兩個脈絡談尋找父親、尋找母親，談從家庭到國家的身分認同。

關鍵詞之八

曖昧

——這齣戲是文學作品的轉譯？或是全新的創作？

駱以軍原著是現代意識流的寫作方式，關於尋父或殺妻寫得沒那麼明確，留下許多空白。好像進到一間旅館，很多房間的門被開啟，但還沒看清楚，門就關上了。

相較於寫得很完整的文學作品，改編起來會綁手綁腳，《西夏旅館》大量的留白，留下很多曖昧不清的線索，反而成為我可以詮釋想像的空間。當然，曖昧不清有時也會形成某種混亂，不過，這也是改編過程最有趣的地方。

關鍵詞之九

定調

——從四十五萬字小說變成五個半小時戲劇演出，很像拆掉房子再重建，如何定調這齣戲？

《西夏旅館》是一趟英雄的旅程。小說裡尋找父親、殺妻等情節是否真實發生過？或者只是主角腦袋裡的幻想大冒險？西方古典文學常有關於英雄冒險的書寫，旅程中或屠龍，或遇到怪獸，透過一連串的冒險最後找到自我，認識自己，《西夏旅館》也有這樣的氣味，這是主角圖尼克的英雄旅程。

我做劇場，影響我的，很少是劇場導演，反而是從文學、電影、繪畫、攝影等不同藝術領域得到啟發，駱以軍原本放在原著最後一章的〈圖尼克造字〉，我把它作為陽本的情節發展主軸——猜字謎，有點懸疑、推理的氛圍，觀眾比較容易進入。而這種推理的風格受到兩位作家：《玫瑰的名字》作者安伯托．艾可（Umberto Eco），以及《我的名字叫紅》作者奧罕．帕慕克（Ohan Pamuk）的影響，我想換一種說故事的方式，讓觀眾動動腦，猜猜看，比較有參與感。

我想寫推理劇，但《西夏旅館．蝴蝶書》並非傳統的推理劇。我的劇本在建立一些事情，也一直在推翻，我給的答案，不一定是答案，希望觀眾要懷疑所有的事情。

入夢出夢，蝶去蝶來——進入劇場

採訪整理／李玉玲

關鍵詞之十

準備

——讀過或沒讀過原著的觀眾，可以帶著什麼樣的準備走進劇場？

會不會擔心被拿來跟原著做比較？

藝術某種程度就是創作者的自說自話，駱以軍自說自話寫了四十五萬字的小說，我自說自話編導了五個半小時的戲。閱讀《西夏旅館》時，我有許多問題想要問，只不過，沒有當面向他提問，而是透過這齣戲和小說家對話。

看過小說的觀眾，會知道我是用什麼方式與他對話，怎麼解讀他的作品，企圖完整他所留下的空白，也會知道我與駱以軍對話「眉眉角角」的細節。我先畫下圖尼克的家族編年史，一一釐清事件與人物的關係，再幫原著著墨不多的角色一一長出形象，玩得很開心。

當然，沒讀過小說的人也不必擔心，我提供了一個寫實的故事情節，有點推理的冒險故事，可以較輕鬆地進入《西夏旅館》，看過或沒看過原著的觀眾可以找到不同的樂趣。

從小說到劇場，不是原封不動地搬運，這齣戲是《西夏旅館．蝴蝶書》，是我重新的書寫，不一定要拿著原著一一比對。

關鍵詞之十一

觀點

——這齣戲開宗明義提示：這是一本「命運之書」，你的閱讀方式決定了你的命運。

就像劇中台詞：「歷史是滲透了各種觀點的故事」、「陰本有如一面鏡子，……一千種讀者，一千種陰本，每個人以他的想像和理解建造千種萬種西夏旅館……」我認為，沒有絕對的真理或真相，當閱讀或者詮釋的角度不同，整個故事就會改變。

圖尼克到底有沒有殺妻？有沒有找到父親、母親？動機沒那麼重要，而是你看到了什麼？想到什麼？我告訴你什麼，不過不要輕易相信，「每個人生命之中，都有一座必須歷險的旅館。」

關鍵詞之十二

平行

——除了劇場演出，這次還有寫真裝置展、出版品的平行藝術計畫。

這次的創作分為三個部分：舞台劇、以「寫真」為主題的裝置藝術展，以及劇本書出版。

攝影（寫真），是貫穿陰本重要的主題，不只演出時出現的影像，還延伸出「台灣之光寫真裝置藝術展」，創作概念是：整座旅館是圖尼克腦中創作幻影，劇場即展場，即「攝影家圖尼克的腦袋」，每一個參與計劃的藝術家都是圖尼克。

裝置展以照片為基礎，以「台灣之光」為主題，將照片與空間、服裝、物件、影帶、音樂、燈光等結合，由藝術家發揮各自的想像，參與裝置展的成員除了我之外，包括：王孟超、角八惠、陳宏一、章芷珩、陳又維、唐健哲、李國豪、伊日美學、黃子欽、黃諾行、陳建騏、曹源峰等。

以服裝為例，不只是為演出而設計，服裝如果和照片結合，會產生什麼樣的效果？照片如何變成流動的影像？舞台空間如何變身為裝置作品？都是這次平行藝術計畫想要實驗的。

關鍵詞之十三

角色

——在平行藝術計畫裡，扮演什麼角色？

我的角色比較像策展人，提供一個創作的文本，並與大家互動，讓不同藝術家根據這個主題發揮想像力。

這幾年我在玩攝影，對攝影裝置展很有興趣，也曾策畫過四個藝術展，相較傳統劇場空間，更喜歡在咖啡廳、小劇場、展場等非主流空間做些實驗，如果只是局限在傳統的劇場表演，太無趣了。

劇本書寫是很封閉的事，你要這個世界長什麼樣，它就長成什麼樣；你要用這個字，沒人會阻止你，告訴你不能用。但作為導演或策展人，要面對人、環境、經費、時間等各種限制，如何在這麼多限制中找到有趣的工作方式，彼此又能相互加分，不就是在「學做人」嗎。

關鍵字之十四

認同

——駱以軍原著在談國族及身分認同，《西夏旅館．蝴蝶書》則標示「魏瑛娟台灣夢首部曲」，談談成長背景和台灣夢？

我是板橋人，先祖從漳州來台，爺爺奶奶受日本教育，從小我就在講閩語及日語的環境下長大。我是個還算聰明，學習能力很強的小孩，但兒時的成長記憶卻有難忘的語言挫敗。記得小學一年級，老師交代第二天上學要帶「糨糊」，我聽不懂，問同學，卻被譏笑「笨蛋」，衝擊非常大；後來學校又開始推行「國語」，我對不能說母語這件事非常錯亂……這是人生中遭逢第一次的認同困擾。

《西夏旅館》談了基因混血及血緣認同這件事。我的家族與平埔關係密切，但我沒想要追查自己的血統基因，從基因談身分過於狹隘了，我在乎的是自己與土地的關係，不管父母先輩從那裡來，或者政治的光譜為何，作為一個人應該要有獨立自主的判斷力，並建立自己與腳下土地的關係。

我算左派吧，在台大就讀時，讀了史明的《台灣人四百年史》深受影響，開始參加學生會等政治性格濃厚的社團，一九八〇年代的五二〇農民運動，無殼蝸牛夜宿忠孝東路行動，我都曾參與，還帶著一票學弟妹去夜宿現場演行動劇，那時就開始思考作為一個「台灣人」的核心價值。

我的「台灣夢」是正義之夢。談「台灣」不應該局限於政治或藍綠，顏色對我的影響不大，我更在乎的是，有沒有站在弱勢的立場看事情。台灣是個移民社會，幾百年來歷經不同的混血，文化多元是其最珍貴的地方，應該要拋開狹隘省籍或血緣，找到一個更好的身分認同方式。

我理想中的台灣：不被特權政客財團把持剝削，以人民、弱勢為主，擁有真正的自由民主，與土地、自然保持和善關係，社會有真正的公平正義等等。

關鍵詞之十五

革命

——妳曾說：演出是「社會行動」、劇本是「革命手冊」，幾乎就是妳的劇場定位了？

劇場，對我一直不是娛樂。大學時參加學生運動，繞了一圈，發現可以透過劇場做些什麼事，開始做小劇場。一出手就做嘲諷政治的戲，那時才大二，被教官叫去問話，也不太怕，反而更確立要透過劇場說話的信念，天生反骨沒辦法。

我不是「衝組」性格的人，雖然被鎮暴警察追過，我覺得思想的力量大於身體的力量，如何讓自己的話被聽見，透過觀念影響他人，這件事很重要。這和當導演很像，如何與觀眾說話，讓自己的話被聽清楚。當年，被教官叫去問話，我沒當面反抗，但回去後還是做自己，因為，我知道我要面對的不是教官，而是體制，後來就很積極參加「把教官趕出校園」活動。

從大學做劇場到現在，我很清楚自己的定位：不搞商業劇場。我相信：透過劇本書寫和戲劇演出，和一群有著共同理想的劇場夥伴們，可以建立起某種啟蒙的力量。透過戲劇影響一些人，可以認真面對自己生長的土地，產生一點行動力，成為改變社會的力量。

關鍵詞之十六

台灣夢

——《西夏旅館．蝴蝶書》是妳的台灣夢首部曲，還有二部曲嗎？

我計畫寫三部曲，二部曲已開始擬大綱，計劃以十二生肖為主題，透過十二個人的故事，橫跨台灣百年歷史，以魔幻寫實形式談土地故事。「台灣夢」一直是我做劇場的潛在脈絡，不管處理的是政治、社會、性別或美學實驗等議題。

關鍵詞之十七

媒介

——有巡演計畫嗎？這幾年妳也參與電影製作，想過改拍成電影？

五個半小時的《西夏旅館．蝴蝶書》，大概是我創作以來規模最龐大的製作，如果要安排巡演，可能得刪掉幾個房間，才方便移動吧。還好，我的彈性蠻大的，駱以軍的原著小說有點像俄羅斯娃娃，一個套一個，端看這個故事要講到多細節，要精簡為二個半小時到三小時的巡演規模，還是有可能的。

未進劇場以前，我的志願是做電影導演，國中時就大量看電影，看完還寫筆記。閱讀《西夏旅館》時，我的腦袋有很多畫面，除了想改編成劇場作品，也想拍電影，但算算可能得三千萬的預算才能做。

文字書寫（劇本）、戲劇演出和電影是三個不同的媒材，不能一成不變的呈現，所以，這次會有比較完整的劇本版（六萬七千字劇本書），還有演出時間在六個小時的劇場版，未來如果拍成電影，也會有電影版。

對我來說，文字書寫（劇本）是最有力道的，或許很多人沒有機會走進劇場，戲演完也就消失了，但文字卻可以一直存在。我期待：我的劇本能夠扮演一顆啟蒙的種子，每個人以自己的閱讀方式決定自己的命運。

小說在劇場裡，華麗翻轉

／周慧玲

魏瑛娟慣常從文學著作尋求創作靈感，更有不少作品，直接以改編的原著命名。但若以文學原著尋求親近魏瑛娟戲劇作品的途徑，難免迷惑挫折。這位台灣劇場裡風格最為獨特的女導演，素來以華麗頹廢的視覺造型、游離於舞蹈邊緣的肢體編創、處於角色外圍的獨特表演魅力著稱，即便是亦步亦趨地摘取原著，她總還是從劇場的角度，與文學材料立體對話。

例如，《蒙馬特遺書》以六名女演員輪番讀出全書，雖然一字不漏，舞台演出本身卻已然翻轉了書中兩個角色激烈地自我詰問或互相對峙、彼此懺情；《艾蜜莉・狄金生》看似以四位女演員自由演繹這位十九世紀美國女詩人孤獨神祕的飄逸獨白，又像是揭露了那些幽居歲月裡以自己為伴侶的單身女子的祕密派對；《瘋狂場景——莎士比亞悲劇簡餐》擷取了英國戲劇泰斗的悲劇情節，在舞台上轉譯了一段段瘋狂搖滾的斷簡殘篇；《666著魔》則是取材《聖經》裡魔鬼的文學藝術演繹，化身龐克芭蕾的奇異類舞蹈，哀悼當年悲傷血腥的台灣社會。

這些作品裡有些共同的特色，其一是原著文化情境的自由轉譯，其二是身體表演勝於情節鋪展。因此，無論是艾蜜莉或是莎士比亞邱妙津還是《聖經》裡的惡魔，都與現當代台灣的都會情調，華麗共鳴。

《給下一輪太平盛世的備忘錄》約莫是這個創作路線的極致，編導以卡爾維諾對二十一世紀的文學走向輕、快、準、顯的備忘錄為劇場創作的命題，嘗試以身體為文字，探索以輕、快、準、顯的肢體身段，建立屬於她自己的表意系統；該作品既無情節，也無角色，一貫地輕薄短小、機伶巧妙，卻又簡直無視於觀者慣有的戲劇期待。

二〇〇九年在一個訪談裡，魏瑛娟傾訴了她對於台灣惡劣的創作環境、美學對話匱乏的失望，也向筆者宣告了離開劇場的決心。魏瑛娟活躍於小劇場時，便經常旅行，日本、香港、法國大約是她最常帶著作品造訪的國度。暫別小劇場的魏瑛娟繼續旅行，目的地之一，便是駱以軍小說《西夏旅館》的靈感地，今日的寧夏與外蒙。

身處所謂的草原邊疆，魏瑛娟以攝影記錄她對這部四十五萬字小說原著的實地考察，又編導了她自己的切身感受，破天荒地撰寫了長達三百三十分鐘的劇本《西夏旅館．蝴蝶書》。二〇一四年她再回來，便是為了推出這部她花了三年籌備的長篇作品。

一樣「改編」文學，魏瑛娟採取了一條與前述早先的路徑截然不同的創作形式，編導《西夏旅館．蝴蝶書》的魏瑛娟，似乎另闢途徑，不再是昔日的魏瑛娟。

駱以軍的《西夏旅館》以一座虛幻的台灣西夏旅館為場景，交錯書寫兩個故事，其一是千年前黨項人李元昊獨立建國西夏、創造文字的二百年盛世，其二是，台灣居民圖尼克造訪西夏旅館拼湊西夏遺族父親輾轉來台的歷史痕跡。兩個故事交織互涉，今人穿越古代，王國成了旅館。魏瑛娟的《西夏旅館．蝴蝶書》則是對《西夏旅館》這部小說的一個劇場翻轉。

說翻轉，意味著她不以改編為趣，也不是昔日採用的靈感擷取的路徑，而是以不同文體與形式和原著進行對話，猶如水中倒影般地進行劇場再創作。如果駱以軍的《西夏旅館》曲折迂迴地從李元昊對照圖尼克尋父之旅，張開台灣第二代外省移民的糾結情結；魏瑛娟便是以《西夏旅館．蝴蝶書》陽陰二本，先說陽本的圖尼克尋父，再說陰本的圖尼克尋母，讓劇中人原已紛雜交錯的文化記憶，因為母系的加入，更加詭譎多變和不穩定。

《西夏旅館．蝴蝶書》上半場（陽本）情境從原著《西夏旅館》的設定，移轉變為一個西夏文創旅遊促銷活動，藉由猜字謎，揭開圖尼克與父親乃至西夏獨立建國的歷史身世；下半場（陰本）則是裝置藝術家／攝影師圖尼克進入西夏旅館後，隨著對風格色彩各異的房間的探索，得聞母親一脈交雜了原住民、日語、流亡印度加爾各答華裔的語言記憶，又複習了當代台灣各種詭異的政治變局、性別變異等各種色彩奇幻的文化記憶。

《西夏旅館．蝴蝶書》之所以像是《西夏旅館》的水中倒影，因為兩者看似彷彿水的流動與水中的生物，卻早已改變了倒影原物的容顏。

就劇本而言，《西夏旅館．蝴蝶書》的最大創意當在陰本，而陰本又不只是一個與陽本／父親記憶對立的母親記憶。陰本裡八個房間八種陰本，十六個場景猶如一連串無底洞的祕密圈套，揭開一個又見一個：除了主角圖尼克父親故事的續篇，母親故事的複本揭露，還有作者自己的，以及你我觀者／讀者的陰本。魏瑛娟的女性書寫不是為了取代男性書寫那麼小家子氣，而是提點一切書寫／記憶的不可靠與不可考。

更深一層看，《西夏旅館．蝴蝶書》誠實地面對一個尷尬的歷史認識：今日的西夏遺址（或包括台灣在內的一切文化記憶），不過是一場膚淺的觀光文化的展示賣場。《蝴蝶書》陰陽二本猶如是《西夏旅館》一次華麗的翻轉，而劇場作者的當下觀照，可說是沿襲了魏瑛娟一貫以來的創作風格，只是這次的當下，有了更為具體的情境——台灣。

就演出而言，筆者卻只能「預言」未來觀者在劇場裡看到的《西夏旅館．蝴蝶書》不僅翻轉了《西夏旅館》，更將溢出《蝴蝶書》劇本許多。然而這也僅只是預言了。本文寫作於首演前三個月，落筆成文之際，豐富的音樂元素正成篇章；編導孜孜經營的影像裝置，將要落實；劇場空間轉變所建構的敘事邏輯，正由一群精彩的劇場設計者，臆測想像以便再創造。魏瑛娟一改昔日輕薄短小的作風，特發長篇大論，究竟能否比駱以軍更抓得著觀者，讓小說在劇場裡華麗轉身，尤其是眾人引頸好奇的。

唯一堪可斷語的，《西夏旅館．蝴蝶書》當是魏瑛娟目前所有作品中，投射最多個人身世和家族記憶，以及最清楚地承載了她個人的社會觀照的。從更廣的層面看，《西夏旅館．蝴蝶書》的陰陽二本，或許不僅僅只是魏瑛娟個人的一次創作手法的突破，這樣的創作改變，可能也映照了原本變化就十分快速詭譎的台灣社會，在面對二十一世紀海峽對岸崛起之際，再一次的容顏變遷。

創作的衝動，如果可以是這場時代的變遷的佐證與側記，那麼觀者的參與，才是這場記憶書寫省會的完結篇。

周慧玲

創作社劇團核心團員、資深編導。美國紐約大學表演研究所博士，現職國立中央大學英文系／所專任教授，「台灣現代戲劇暨表演影音資料庫」www.eti-tw.com 與黑盒子表演藝術中心計劃主持人。

劇場編導作品：《百衲食譜》（2010）、《少年金釵男孟母》（2009）、《不三不四到台灣》（2006）、《Click，寶貝兒》（2004）、《記憶相簿》（2002）、《天亮以前我要你》（2000）。

編劇作品《百年戲樓》第三幕（國光劇團，2010）、《玉茗堂私夢》（2009）。

導演作品《影癡謀殺》（2005）、《驚異派對——夜夜夜麻三部曲之二》（2003）。

學術著作：《表演中國：女明星、表演文化、視覺政治 1910-1945》，及其他學術論文散見社會學、藝術學、戲劇研究等學術期刊。

旅館

文／攝影　魏瑛娟

「旅館在我們之中……旅館無處不在。」

——駱以軍《西夏旅館》

台北永康街，小說家駱以軍父子三人，不小心拍下了他們，幾乎是無意識的，回到家後檢視電腦中的照片檔案才發現，哎呀呀……像著了魔似的，拎著相機四處遊逛，原只是測試新相機的光圈快門功能，後來成了習慣出遊與對這座島嶼的重新觀察，透過觀景窗snapshot，街頭速寫，以相機取代筆或鍵盤，以影像重製我眼中的原鄉（相對頻頻旅行的他方），試圖超越文字可描述的。必有文字所無法抵達的真實，光、影連接處的朦朧界線及曖昧搖擺。如果多張望所拍攝的真實景象，也許會當下就認出小說家來……現代數位科技驚人，掌中的小傻瓜相機輕巧，卻有著大而清晰的ＬＣＤ，常入迷地看著顯示器裡自己所框構出的小小世界（裁切你不愛留下你樂見隨心所欲真好），忘了真實所以，遭逢親臨的人事物細節皆被擠壓抹去，成了科技螢幕上晃動的線條光影，所形塑的喜愛的甚至悄然取代真實或者更為真實。寄了照片給小說家，他說他真的嚇一跳（我也嚇一跳啊），也沒想到拍下的生活瞬間無意識下的他是如此「嚴肅」與「兇」（兩人都在mail上哈哈），其實與小說家並不熟稔，多年未見，最近的聯繫是因為他的作品：《西夏旅館》。

伴百度皮鞋
誠記
誠良牙醫診
BDC-922

香港銅鑼灣。Jia Boutique Hotel。床頭上浮貼著銀色大字：DREAM，微光幻夢熒熒閃爍。帶著《西夏旅館》旅行，不斷變換旅館，從年初的義大利火車行旅到現在的香港訪友，它成了我旅遊資料外最重要讀物，隱約牽繫我不斷離開復又回轉再出走的出生成長島嶼。因慕設計師 Philippe Starck 的名，選擇入住這家由他一手打造標榜香港最時髦的精品旅館。旅館刻意取名叫 Jia（家），希望暫歇的旅人稍忘離鄉漂遊如同在家。的確有如幻夢，小小空間客廳臥室廚房俱全，所有傢具陳設皆是 Philippe Starck 造價昂貴的夢幻逸品，相較窗外那些窄擠雜亂的建築街衢，這間隱身巷弄的旅館似是現代（或後現代？）某種美好生活夢境入口。照例，白日，以快門跳動感受這座似熟悉其實陌生城市的往來呼息，夜裡，住進它的肚腹深處，掀開夜光繁華糜麗，翻讀小說打發睡前時光。我的眼睛在小說家的字裡行間和名設計師的精巧空間中遊走不住微笑。一個以材質精品極盡光鮮構築幻境保證美夢如真實可觸摸可倘佯，一個以文字符號鏤刻晦暗深潛噩夢，直指生活現實或生命是場讓人悚慄且無能掙脫的恐怖虛空。旅館、夢境、家。語意流離，譬喻繞射，如迷宮更似倒懸蜃影。拍下這張照片，映照小說家的闇黑歷險（他說那如冥獄歸來喲），並致敬。

發表於《印刻文學生活誌》二〇〇九年六月

二〇〇九年一月帶《西夏旅館》赴義大利旅行。二月特意寫信向小說家致敬。
四月拍下駱以軍父子寫下此文。之後，小說在心上輾轉兩年。
二〇一一年四月決定將小說搬上舞台。五月約小說家見面，取得改編同意。
二〇一二年著手劇場演出企劃。
二〇一三年演出前製開始。
二〇一四年一月劇本定稿。三月開排。八月上演。前後繾綣五年。

所有的景象將成為記憶。

讀書、寫作、思考、教育、生病、相遇、友情、愛慾、
旅行、劇場、文化、童年、品味、回憶、恐懼、樂趣、
信仰、歡愉、幸福、義憤、傷悲……如此過了一生……

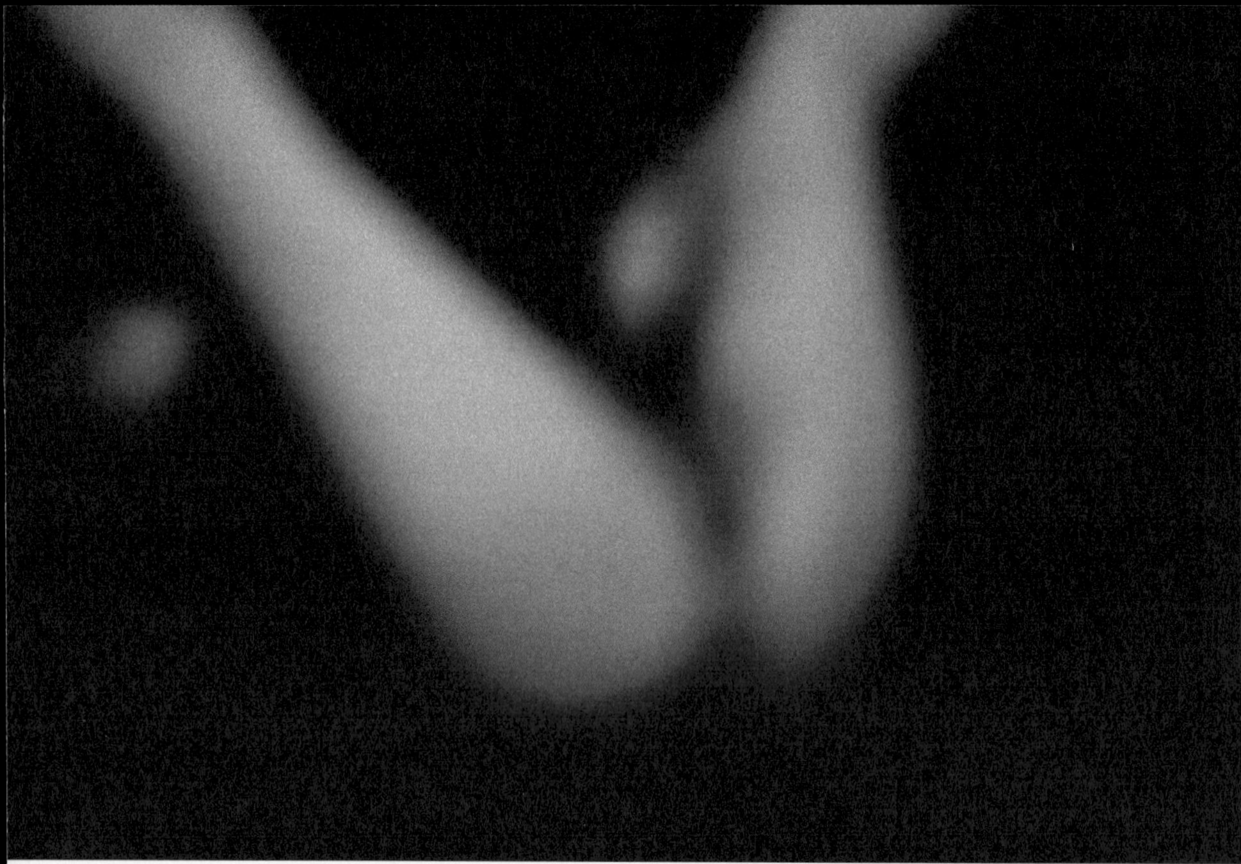

「攝影是否可以成為最廣義的影像製作，

而不只是試圖摹製和擷取眼睛所見的景象？」

「害怕時，射殺。懷舊時，拍攝。」

——蘇珊・桑塔格

這是個受驚、念舊的時代，

我們不斷製造他者與自己的圖像，

撫平恐懼，挽留過去。

「我們抄襲一個角色，

然後透過換喻的手法之運用抄襲一種藝術：

我之創作乃在於，我複製我想成為的樣子。」

——羅蘭・巴特

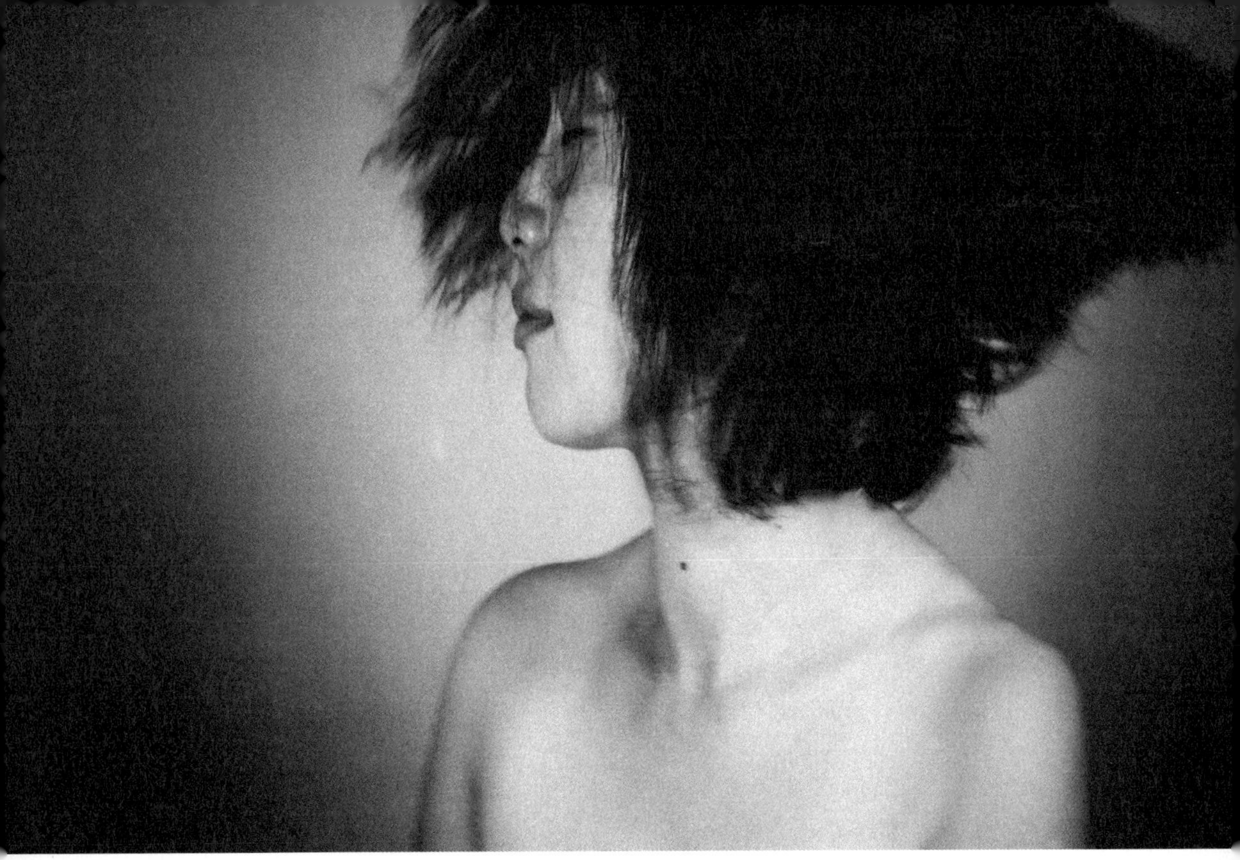

我們是深愛角色扮演的，

平凡生活單一，

幸好劇場提供了想像的冒險。

為什麼需要角色扮演？

為什麼需要在真實的「我」之外，再虛擬一個身分？

虛擬的身分提供了什麼認同？

「我」所追求想像或我所迴避隱匿的是什麼？

「每個人必須孤獨作戰，這是至高的奧秘。」

——《薄伽梵歌》

沒有全然的黑，也沒有全然的白。

黑色比灰色深些，白色比灰色淺些。

如果真有非黑即白就好了，創作或生活都會容易些……

但也可能無趣啊。

「影像是穀粒，是自我演化、反饋的有機體。
它是真實生命的象徵，同時也與生命對抗。」
——塔可夫斯基

劇場與攝影相互映照。

空無的劇場是時間的黑洞，

我們戮力模仿真實的碎片，拼湊出一個現實世界。

現實是空間的巨獸，無法一窺全貌雙手掌握，

攝影機如唐吉訶德的矛，我們試著將真實瓦解成碎片，

解除威脅。

試著在劇場表演裡找尋某種影像感，

自然些，鬆緩些，建立在劇場表演的精確要求之上，

一種新的、溢出的、柔軟的，自在與自由。

演員暖身，跟著伏在地上按快門。
享受暫離劇場導演身份，換另一角度看演員，
覺得柔軟旁觀謙卑些，這是喜歡攝影的另一原因。

一邊排練一邊用相機拍攝演工作人員，
非劇照，非工作記錄，
試著開始另一種對話，劇場與攝影之間。
所有的平面攝影作品會成為演出空間的一部份，
是凝結了的過往，回應不斷流逝的未來，
演出的當下是時空交錯的詩歌，思辨且抒情。
我，是我，也不是我。

寫真之六

我，是我，也不是我

排練場

蝴蝶書

西夏旅館劇場顯影

【影之卷】

魏瑛娟 著

魏瑛娟

編導 / 寫真 / 策展 / 製作人

紐約大學（NYU）教育劇場碩士。「莎士比亞的妹妹們的劇團」創辦人，「創作社」創始團員。已編導發表作品近四十齣。近期作品花博舞蝶館定目劇《祕密花開了》，演出二一二場，超過三十萬人次觀賞，創下台灣表演藝術紀錄。劇場作品巡迴巴黎、柏林、費城、東京、大阪、神戶、新加坡、香港、釜山、北京、上海等地，活躍於各大國際藝術節。

近年跨足電影，二〇一四年監製《相愛的七種設計》，入選台北電影節。二〇一一年監製《消失打看》，獲瑞士 Fribourg 影展評審團特別推薦獎（2012）、台北電影獎最佳導演、女演員、攝影、音樂等四大獎（2011）。二〇〇八年監製《花吃了那女孩》，獲第四十五屆金馬獎最佳造型設計，義大利 Levante 影展最佳剪輯、最佳攝影。

除劇場、電影外，亦積極涉獵攝影創作，多次策劃攝影藝術裝置相關展覽，圖文作品散見報章雜誌，並曾於《PAR 表演藝術雜誌》、《印刻文學生活誌》撰寫圖文專欄。

每個人生命之中，
都有一座必須歷險的旅館。

蝴蝶書

【影之卷】 目次

導演訪談三

名字的旅館 044

——寫真？寫假？也說符號

採訪整理／李玉玲

拉頁

籌製初期 導演文件

我如何活著走出西夏旅館？

——一個導演趨近完成中的腦內迷走地圖

●主視覺說明●台灣之光藝術計劃（裝置）

●物件說明●音樂說明●舞蹈說明

●影像整理●《蝴蝶書》編輯概念

●《西夏旅館．蝴蝶書》人物經歷年表

寫真之一

我們太熟悉死亡那種黑色稠汁，帶著羊尿騷的氣味了

寧夏

西夏開國君主李元昊：

「當中國的天子和他的臣民們已進入黑夜的深沉睡夢，
我的黨項羌人們猶在輝煌的白晝裡騎馬奔馳；
當他們按植物的枯榮生死或霜雹蝗蟲之來襲劃分四季與節氣，
我們則是從馬匹的牙齒、
羯羊的交配週期或牠們死亡時眼珠不同的顏色折光來理解時間；
他們哄騙他們的君主，
整個帝國是以他為中心上串祖先而空間向四面八方延伸的靜態秩序世界，
我則讓我的羌人騎兵們成為無數個我的分身，每一個『現在』的劇烈運動；
他們相信陰陽，懼談生死，
喜歡『寰宇昇平』、『禮樂奏章』這種萬物在光天化日無有陰影的穩定；
我和我的族人們則是從死亡的陡直深淵以鬼魅之形，
從難產的母馬屍體陰阜中血淋淋摔落塵土，
我們太熟悉死亡那種黑色稠汁，帶著羊尿騷的氣味了；
他們以君臣父子夫婦長幼朋友之義為龐大鐘面的傀儡懸絲；
我則用馬刀剁下背叛者的睪丸，毒殺不忠於我的母親全族……」

駱以軍如此描述元昊眼中的西夏帝國。小說中最喜愛的幾個段落之一，直接援用為劇中元昊獨白段落。每與演員排練此段，總為文字魅惑情感洶湧。

二〇一三年六月赴寧夏旅行，恰巧搭上台北銀川直航首發班機，四個小時即抵達古西夏帝國都城興慶府所在地銀川。白日搜逛西夏遺址文物拍照，夜裡在旅館書寫筆記，圖、文都成了劇本重要養分。〈藍色房間〉那場戲，用了許多寧夏照片，刻意以圖尼克主觀視角拍下，西夏旅館的建構終於抵定。

整理資料，發現一些零碎文字，與演出無關，但記述了那時行旅的心情：

賀蘭山西夏時期岩畫。

寧夏過端午。追尋西夏歷史文化遺址蹤跡。上賀蘭山看題有西夏文字羌人圖騰岩畫。訪拜寺口開國君王李元昊離宮佛塔。買了西夏歷史、藝術相關三書。飯店貼心送來甜粽慰我獨自過節。

蒙古人滅西夏，鐵騎踏破興慶府，黨項羌人亡族奔逃，隱入歷史。原西夏領地更名寧夏，回族人逐漸盤據。

回族人來源可上溯唐朝西方大食國，即當時的阿拉伯帝國。回人隨絲綢之路入中國，後漸漢化。歷史上的回鶻、回回、色目人等即指現在的回族，與西亞中亞多有血緣關係。著名回人有鄭和、海瑞、李贄、白崇禧等。

回人信奉伊斯蘭教，讀阿拉伯文可蘭經，也赴麥加朝聖。寧夏清真寺多，回族特色小吃也多，八寶茶、回回糖酥饃、炒糊餑、饊子、刮涼粉、南瓜小油香、燴羊雜等讓人食指大動。

騰格里沙漠

前往騰格里沙漠，夜宿中衛市，寧夏最近黃河的城市，水草豐美，枸杞聞名。黃昏散步覓食，看人閒坐聊天下棋補鞋修車……

寧夏香瓜看來像胡瓜，蔬果擺一起讓人錯亂，忍不住問瓜是否得煮過，惹得小販姑娘咯咯笑。

買了白餅子，當地人中間切開夾菜肉吃，一個六毛錢。掏出一元，順口說不用找了，賣餅婦人堅持找零，嚷著交易要公平，然後就聊起來了，知道我從台灣來，趕緊喚旁邊賣花捲饅頭大嬸來看……

沙坡頭

遊覽沙坡頭，順道逛了寧夏毛澤東紀念館（其實是賣各式紀念品的文創商店），想起紐約唸書時的中國室友。

研究所住校，學校不成文規定總會安排台灣、中國留學生一室，我們玩笑說美方先讓兩岸留學生練習會談。室友聰穎，是雲南第一個赴美研讀生物博士的留學生，我們總叫她雲南狀元。一起相處不免聊起政治，原以為會有攻防，後來才知室友父輩被打成黑五類苦頭吃盡，提起毛澤東總是大罵「魔鬼」，眼中憤恨的怒火讓人難忘。

當時中國留學生千辛萬苦進入美國，多是不打算回中國的，室友生活自省，時時檢視生活習慣和思考，希冀在最短時間內去中國化成為美國人，她總是說共產黨的思想教育可怕可惡，得有相當自覺才能不被洗腦。

室友父母原是北大教師，下放雲南勞改，她在鄉下出生，一直在貧困中長成，到了美國才知有冰箱、抽水馬桶等現代化設備。一次宿舍共用的冰箱冷藏室滿了，她隨手將買來的一盒雞蛋放入冷凍庫，炊煮時才知雞蛋結凍無法吃了懊惱不已……

中國小說家張賢亮在寧夏建造了鎮北堡影城。影城直接在兩座明、清古城遺址上加蓋，得地利之便，似假如真。許多知名電影在此取景，如《紅高粱》、《新龍門客棧》、《刺陵》等。

影城除提供拍片外，也讓遊客參觀，有許多「文創」花樣，打出「進來是遊客，出去是明星」口號。拍劇照的商店最受歡迎，有專人幫忙造型服裝，立即拍立即數位修圖合成。

與蔣介石照片合成挺受歡迎，遊客可以扮成潛伏蔣身邊的地下工作人員與蔣合照，維妙維肖。除了玩合成花樣外，還可製成早期大公報頭條，寫上「某某少校攜機密文件投奔延安」標題，過過「愛國志士」的癮。

這次去寧夏，發現許多人喜歡拿 iPad 拍照，遙想過往西夏，甚魔幻。

寫真之二

我們真的被神遺棄了

圖博

岡底斯山脈，三角主峰是岡仁波齊，海拔六七二一公尺。藏傳佛教認為岡仁波齊是勝樂金剛居所，代表無量幸福，吸引了許多信徒來此轉山。

「沒有任何資料記載圖尼克祖父那行人一九四九年的南遷逃亡長征。他們由寧夏一帶出發時有多少人？待翻越青康藏高原時剩多少人？一群國民黨西北行政官員、土木技師和鐵路測量員，灰頭土臉嘴唇發白兩眼呆滯而恐懼，他們在死亡的陰影籠罩下艱苦逃亡，據說即是傳說中西夏帝國遭蒙古鐵騎破城、屠戮、滅種之後的『最後一支西夏騎兵』逃亡的路線。」

「我知道我們幾個人都會死。我們的死意味著西夏黨項羌的全族覆滅。像汗珠滴落在被烈日曬得赤紅的馬刀刃上，化為輕煙。是的，那就是滅種。真真實實地滅種。那種巨大的哀傷，比死亡還威懾著這支孤零零奔逃的隊伍。每個人都恍惚地想，我們就是這地表上僅存的幾個黨項人了……我們真的被神遺棄了，我們的王墳被成吉思汗那些野蠻騎兵給踩破了，我們在這樣的逃亡中，慢慢變成怪物。
我們逐漸褪去人的質素。
我們終於變得人不像人了。」

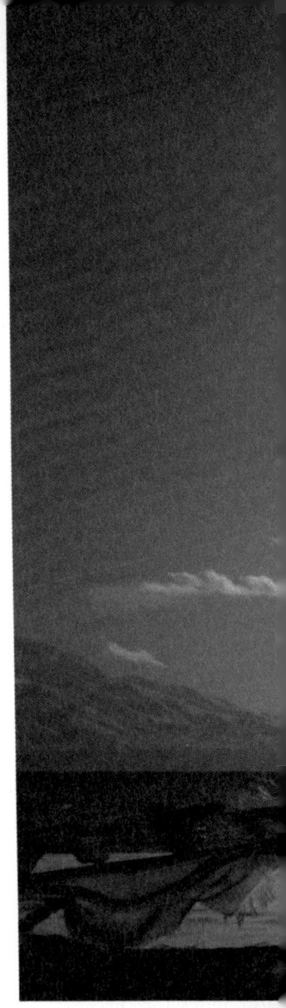

二〇〇八年赴圖博旅行。由拉薩入藏至珠峰大本營、藏南、再轉往阿里、藏北，四輪傳動車南北藏繞了一圈約四千公里回到拉薩。三個星期跋涉像完成某種儀式，知道了自己身體極限，也更理解旅行對自己的意義，漂浪之必須。

二〇〇九年閱讀《西夏旅館》，小說提及圖博章節特別有感，那些聖湖靈山自字裡行間盪漾拔起，猶記得胸口因缺氧的疼痛與鼻喉間的乾燥燒灼，影像魔生。

瑪旁雍錯。小說裡有一重要章節，描述圖尼克十五歲的父親為祖父遺棄，在高原荒地醒來，獨自一人行至瑪旁雍錯，巧遇救自己性命的妙音神鳥迦陵頻伽。

「眼前的聖湖廣袤而壯麗，清靜而靈妙，她的形狀像
一朵盛開的八葉蓮花，有如八咫神鏡一樣金光晃曜。
湖水清澄，在碧空下宛如深藍色琉璃。
隔著湖面在西北方向聳立雲表的，就是靈峰岡仁波齊；
靈峰周圍環繞著一重又一重的雪山，就像是五百羅漢
圍繞在釋迦牟尼佛四周聆聽世尊說法般。
身處這樣一個神聖的場所，少年頓覺所有飢餓乾渴之
難、雪峰凍死之難、重荷負載之難、荒野獨行之難、
身皮腳傷之難等，都為此靈水滌除淨盡，整個人無比
空靈自在，彷彿達到了忘我之境。」

珠穆朗瑪峰大本營。終於看見，珠峰頂上的光。 那光，流麗更迭幻化不斷，看著，貪婪看著，原來，「看見」是如此奇妙，「光明」是如斯美好。

與其說是旅行，不如說是追逐著光，當開始以相機記錄旅途所見；沙漠、海洋、疏林草原、廢墟遺址、城市牆垣、陌生人的背影或初識朋友的笑容……刻意變換場景空間季節時光，追逐光影在各種地貌建築物件人身上恍錯的諸種可能性，一定有著超乎看見、理解及想像的力量，關於光，這麼想著。

海拔五千二百公尺。我所站立的地方。這大概是非專業登山者所能抵達

的最高處了。其實，有些手足無措，面對懷想經年終於得見的如幻景光，按快門的手遲疑著，開始懷疑相機攝入的光，是否是眼前所見的光，快門速度三百二十分之一秒，那光早已飛逝……不斷聽見自己如哮喘般的濁重呼吸聲，在這含氧量只約平地二分之一的高處，每一次吐息都力抗著生命的流逝，痛苦難當的高山反應反而讓人更加清醒當下的時、光。

也像某種意志對抗，自己與光之間，為了登上此處拍下這光，刻意日跑鍛鍊體能。深深明白，從未贏過，永遠也無法以相機停駐那些，永恆已然消逝的光。

舞蹈似的，他們一共四人，在書寫著羊卓雍措四個大字的巨大石碑前交錯來回移動。不時交換眼神或以藏語交談，有默契地環繞石碑甚至依碑而站，刻意入鏡或直接阻止遊客拍照，石碑後方最知名的聖湖之一羊卓雍措湖光閃爍，湛藍瀲灩。來此遊玩的遊客多會在石碑前留影的，到此一遊的紀念照相儀式般不可免，有人開始抱怨為何不能拍照……

「一個人五塊人民幣攝影費！」他們對拿著相機欲拍照的遊客大聲吆喝，強勢地表明地主身分。

「這是國有觀光地啊，怎可私下收費？」有人抗議，普通話字正腔圓。

「這是我們藏人的土地！」他們以不熟練普通話反議，局面開始僵持。

「造反啊！想造反啊?!」不滿的聲音揚高，對峙緊張。

有人來勸和，拉走不滿的人，勸聲勿要為地痞流氓壞了遊興，離去暴怒的遊客仍繼續叫罵，最後回頭疊聲痛訾：「恐怖份子！恐怖份子！應該通通抓去槍斃……」

二〇〇八年三月圖博才結束因奧運而起的抗爭，中國軍方逮捕及監視行動仍悄然進行，十月在羊卓雍措拍下被喚作恐怖份子的人，心驚這樣敏感的政治指控竟可隨口上演。

羊卓雍措石碑前。

拉薩。誦經休憩，小喇嘛逗著貓咪玩。

雄巴。這樣的服飾只有藏北才看得到。

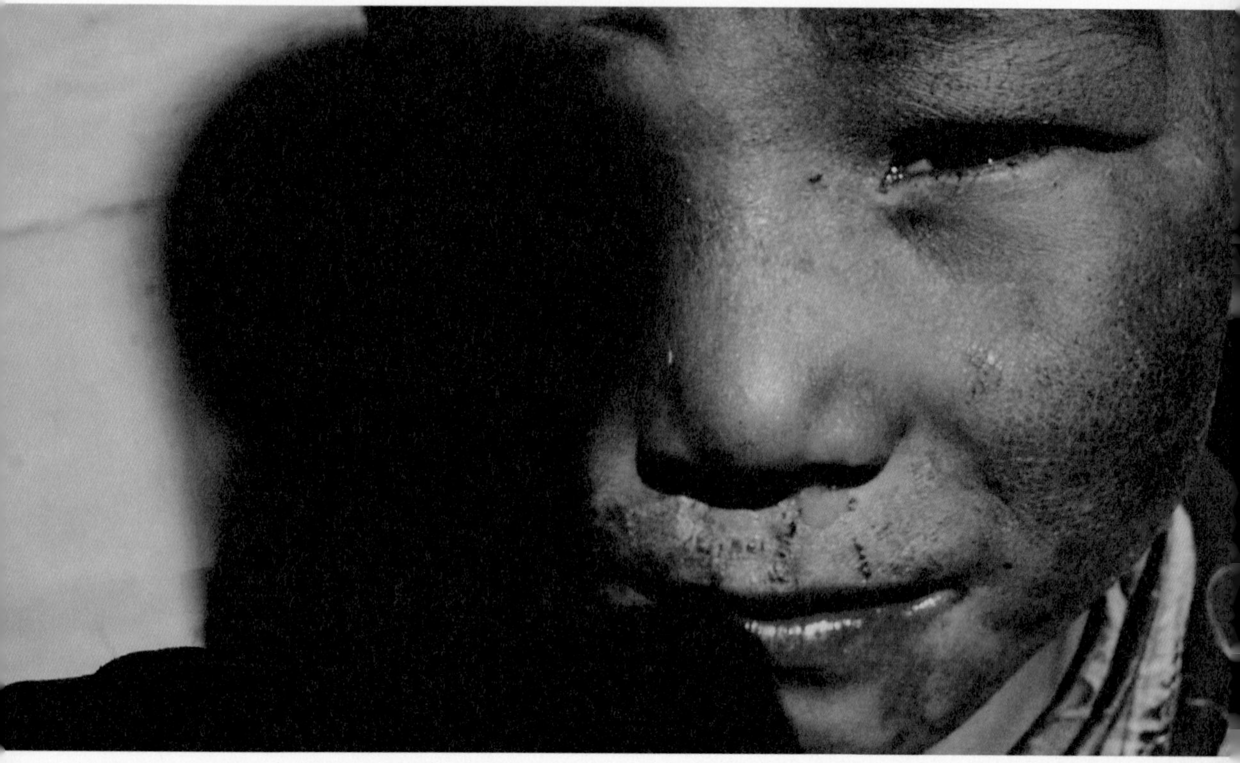

他瞄準我，我瞄準他。他打動我，我留下他的影像。平手。

寫真之三

我幾乎像敗德者

印度

孟買（Mumbai）

「最後，你父親和這個女孩的青春戀歌以悲劇收場。某個清晨，那對母女被人發現死在小屋裡，母親脖子的傷口像一道上彎笑開的嘴，女兒則因兇手用力過猛，喉管、頸骨幾乎被整截砍斷……慘劇發生不到三天，你父親便在你祖父的安排下，拿著單程船票和一百美元，獨自遠赴當時國民黨軍隊控制的台灣。有一些謠言在當地流傳了一段時間。有人說這女兒其實是共產黨特務，捲進了諜報暗殺。也有人說是你祖父教唆的流氓讓恐嚇成了失手的滅門血案，你知道，那洪曉陽是不容易屈服或遷就的倔強女孩……最後一個讓當地人內心充滿難以言喻黑暗情感的是，這個情感強烈的青年發現情人已不受控制，選了一條和自己未來完全相反的路，於是雙方發生了激烈衝突，青年原打算和情人同歸於盡，卻臨時變卦……」

小說裡，主角圖尼克的父親與祖父一九四九年自寧夏出逃，輾轉越過青康藏高原，抵達印度。圖尼克的父親在印度成年，愛上了一位姑娘，卻捲入一場謎樣滅門血案，最後拿著一張單程船票獨自到了台灣。

赴印度旅行兩次，並不刻意尋訪小說裡描述的中國城，倒是在沿途的多元景觀裡獲得創作養分。

新德里（New Delhi）火車站。搭乘凌晨特快前往 Agra。車站裡旅客、浪遊者、無家可歸者滿地睡臥，行乞者、動物四處遊晃，擁擠又蒼涼。
穿越人群時瞥見她們，天光昏暗，我們往各自人生錯身而去。

德里舊城區。

齋浦爾（Jaipur）。

孟買維多利亞火車站。

買賣者清一色男性的印度鄉間市集。

巴基斯坦的市集更是如此，都是崇尚男性體力貶抑女性的國家。巴基斯坦的女性內衣店店員都是男性，顧客也是男性，看到那樣的奇觀，忍不住想著那些代妻女購物的丈夫父兄到底了解多少……

逛這樣市集的經驗奇特，我是那少數的大膽闖入者。特別在更保守的巴基斯坦，我幾乎像敗德者。

寫真之四

我該如何向你描述

蒙古

「公元一二二七年，蒙古人攻陷西夏都城興慶府。作為追憶者，或那城毀滅時刻的目擊者，我該如何向你描述那如地獄變般的慘烈景象?!

那個時刻，如此潔淨、肅穆，我們看著身著赤紅盔甲的蒙古騎兵像一群著火的烏鴉從這城崩塌後四面八方的裂口，慢動作、噴灑著從這個夢境之殼外另一個夢境沾帶的不同顏色光焰與油彩，踴騰跳躍。那個凍結，我完全沒有任何關於屍體的記憶。雖然其實他們正在冷靜而瘋魔地屠殺我們。包括我，這個孩童時曾親睹元昊建起這座城的兩百歲老人……那時腦海裡清楚浮現的意識，完全不是真實展演於眼前的肉體被砍斷、變形、噴湧鮮血，或哭喊厲叫，而是一句抽象的，神祕密碼的話：『要滅絕了。這一族將要完全消失了。』」

駱以軍描述蒙古人攻陷西夏，慘烈華麗，死亡之舞瘋魔妖異。對蒙古的最狂野想像竟是來自西夏如何被其屠戮滅絕……字裡行間的血氣腥味直接漫渙至劇場，我們回憶這座島嶼的身世，驚悚不已。

一邊書寫劇本，一邊整理旅行蒙古的照片，虛構現實交錯，寫假也寫真。

二〇一二年旅行蒙古，刻意安排穿越戈壁繞行近三千公里。泰半時間在無網路、限水電的草原上移動，因逢戈壁暴雨，經歷了車陷泥沼、拋錨、困陷、迷路、等待救援等小小驚險。

戈壁早晚溫差大，夜裡多在零度左右，得生火才能入睡。一路旅行，學會了在蒙古包裡生火，但每隔一、二小時就得加添木柴，有時睡過頭火熄凍醒，摸黑哆嗦生火奮戰，遇上柴火「不合作」，真是挫敗無奈。

湖岸徒步，大意未帶飲水，走得乾渴狼狽。遇見洗滌衣物母子仨，比手劃腳試著打探何處有乾淨飲水，媽媽笑得羞赧但熱切，邀我進旁邊蒙古包喝酸奶，臨走前還要我帶上兩塊乾乳酪。

初到蒙古，對這樣的叨擾很覺不好意思，後來才知這是蒙古傳統待客之道，我們總是隨興選擇蒙古包，入內拜訪。也許是草原戈壁行旅艱難，地廣天高前後不著村店，牧民對勞頓陌生旅者的叩門要求或協助多不吝惜，我們總能得到一碗熱奶茶或相關吃食，對生活鐵窗環繞生人防備城市的我們是很大文化衝擊。

雖然多旅行經驗，不太怕陌生人，獨宿蒙古包前幾天，還是會在意門鎖牢靠否，後來就懶得扣鎖了。有時凌晨宿營地的工作人員會摸黑進來悄悄升起爐火，翻身感受溫暖道謝又安然睡著，這是戈壁上獨有的信任與親密。

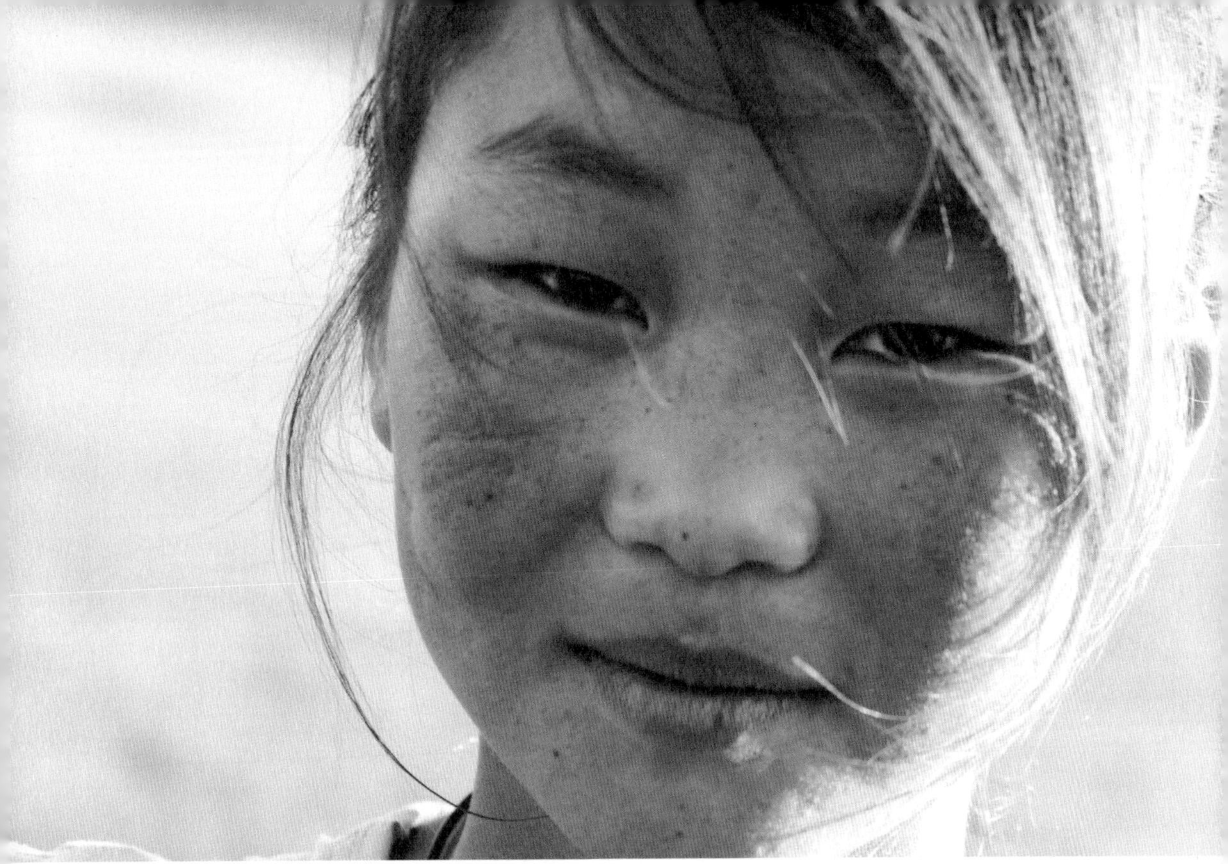

拜訪的第一個牧民家的女孩。進蒙古包時，她正低頭削馬鈴薯，協助媽媽添柴火加水為我們烹煮奶茶。大家喝茶閒話時，她安靜地站在櫥櫃邊，用小小的櫃面寫功課（蒙古包窄小唯一一張小桌為我們占用），一手好字，惹得大家讚嘆。問她是否願意拍照，她笑得恬靜，太陽曬傷的臉龐早慧美麗。

蒙古國約台灣四十倍大，總人口二七五萬人，文化上深受俄國影響。因歷史地理因素，蒙古人對中國戒慎恐懼，當地激烈排中，韓國經貿勢力趁勢深入。

巧遇一群馬匹過河，我們驚叫奔下車，看著踩過水塘激出嘩喇聲響的馬群感動莫名。那水聲，馬蹄與水流的豪邁鳴奏，是未曾聽過的自然唱和，天籟應是如斯。

心裡想著也許有好運氣能碰上蒙古傳統體能競技（Naadam），賽馬、摔角、射箭都是比賽項目。在小鎮休息午餐，剛好一群小孩玩蒙古摔角（Bökh），看我們觀望，更是玩得起興咧嘴呲牙鼻孔翼張。小女孩神勇，和七八個男孩稱兄道弟並一一輪番對打，被摔在地也不吭氣咬牙再起，看著這樣的豪氣漫出燦亮的光，忍不住追著她頻按快門用力加油。

導演訪談三

名字的旅館
——寫真？寫假？也說符號

採訪整理／李玉玲

關鍵詞之十八 **寫真**

——這次創作，攝影（寫真）占有很重要的篇幅，
例如「台灣之光」寫真比賽、相機出草，以及不斷出現的槍聲（快門聲）……
和這幾年妳熱衷拍照有關嗎？照片是否能傳達真正的真實？

從小，我的興趣就很廣泛，學舞蹈、畫畫、拍照、看電影……小學六年級，父親送我一台照相機，我拿著人生中第一台相機拍同學，高中時參加攝影社，學習暗房技巧。

真正開始認真拍照，是二〇〇六年在《表演藝術雜誌》寫旅遊專欄，需要照片，我買了一台小傻瓜去吳哥窟旅遊。二〇〇九年開始玩 Flickr，交了很多外國朋友，大家在網路上分享照片。有三年時間，我拍得很勤，我是那種投入一個興趣就很瘋狂的人，很難想像吧，竟然有按快門按到手指痛的經驗。

我喜歡拍照，但不太用專業單眼相機，多用傻瓜數位相機，也常用手機拍，相關攝影知識以及照片編輯技巧，都是自學，攝影只是我的生活記錄，照片拍完挑幾張好的上傳或存檔，其餘的刪掉，也不留念。

相機，某種形式像是武器及陽具，尤其是伸縮鏡頭，很具攻擊性，拍照

和打獵沒兩樣。我到國外旅行時，常見到一些觀光客連招呼聲都不打，就拿著長鏡頭猛拍，被拍的人有如獵物，這樣粗暴的態度，不就像用相機在「出草」？攝影機，能否成為溝通的工具，我常會打上一個大大的問號！

沒有什麼是「真」的，文字和照片皆然。照片，很容易作假，這個我也會！（笑）為了這齣戲，二〇一三年我去寧夏旅遊，找尋西夏帝國遺跡，拍照順便做功課。有一張騰格里沙漠的照片，鏡頭裡的沙漠很美麗浪漫，只是，沒有人知道：鏡頭外到處是攤販，很煞風景。現在，智慧型手機拍照功能日新月益，光不夠可以補，不夠漂亮可以柔焦、美膚，還可以 PS 移花接木，作假真的太容易了。

關鍵詞之十九　物件

——例如戲裡不斷出現的「睜眼眼罩」，妳還埋藏了哪些物件當線索？

對我來說，出現在舞台上的每一個物件，不只是一個普通的道具，而是符號。演員要帶什麼物件上台，如何玩這個物件，從道具到服裝都經過仔細的思考。

這齣戲和攝影有關，攝影，又和眼睛有關，所以，我設定主角失眠，一直在玩「睜眼眼罩」這東西。戴了眼罩，眼睛閉上了？還是沒閉上？到底我們看見什麼？什麼看得見？什麼看不見？什麼該看？什麼不該看？

攝影，是看世界的方式，是你與世界的關係，是你如何看待世界。

另一物件是金色帽盒。小說寫的是圖尼克殺妻並將妻子頭顱割下放入一個帽盒。戲最後，帽盒打開，劇本寫著：帽盒裡拿出的是一尊西夏雙頭佛。不過在排練時，我卻又想著出現的不一定是要雙頭佛，可以有其他可能性，不過台詞未變，演員「睜眼說瞎話」，呼應整個圖尼克冒險過程可能只是一場騙局。

關鍵詞之二十 **符號**

——陽本《西夏旅館》的房間是數字，
陰本《蝴蝶民主飯店》則是不同顏色的房間，數字與顏色也有某種意涵？

《西夏旅館》談的是身分認同，一九四九，在台灣歷史上原本就是代表性的數字、重要的年份；至於蝴蝶民主飯店以顏色為區分，概念來自攝影的三原色。

攝影就是在處理光的問題，陰本談的又是影像，台灣之光，所以我從三原色發展出黃、綠、紅等不同顏色的房間。當然，你也可以與政治做聯想，我們對某些顏色確實有些神經質。

關鍵詞之二十一 **名字**

——駱以軍原著裡很多角色只有姓，沒有名。
妳替角色取了名字，有特別用意嗎？

名字，在這齣戲裡不只是名字，而是代表著某種身分認同上的意義。就如現實的台灣一樣，台灣、中華民國、中華台北……，一直有著該叫什麼名字的困擾和多舛命運。

我替角色取名另一用意是，觀眾比較容易進入，否則，一堆沒有名字的人飄來飄去，看起戲來會很辛苦。

為角色取名字，與我想說的話有關，但也不是隨便取的，要符合人物的背景與性格。小說裡的「老范」，成了劇本裡西夏旅館總經理范仲淹。在歷史上，范仲淹不只是文學家、政治家，還是參與過平定西夏叛亂的軍事家。

關鍵詞之二十二　旅館

——妳喜歡旅行，這齣戲又和旅館有關，可否談談旅館之於妳的意義？

我喜歡的旅行方式是一直在移動中，而非定點。所以，旅館，對我來說，只是晚上落腳休息的地方，不會長時間停駐。我住過各式各樣的旅館，包括：很有設計感的東京時尚旅店；一晚要價台幣二萬元、房間沒有衛浴設備的京都文化財百年老旅館；也住過戈壁的蒙古包，半夜在沙漠上廁所，屁股都快被凍僵；也曾在衣索匹亞橫越河谷時住過營帳。旅館，只是過客暫停腳步的地方。

如果問我：那間有著巴洛克風格的《西夏旅館》，讓我想到自己曾經住過的那間飯店？第一個浮現腦海的不是旅館，而是——總統府。

寫真之五

革命將至

台北

「鏡中之城。亡靈之城。海市蜃樓。門闕、宮殿、宗社。亭榭台池。魔都。鬼魂黨項羌兵七萬駐紮護城。鳳凰之城。宋京師開封之歪斜倒影。帝后嬪妃。祖廟壇台。城中之城。迷宮之城。夢城。元昊夢境的核心。車門、攝智門、大殿、廣寒門、懷門。皇帝寵宮。元昊淫歡殺后妃之地。枉死之城。鬼城。妖術之城。傳說中『攻不破之城』。興慶府。元昊建白高大夏國二百年帝都。自沙漠中升起的梵音之城。火焰之城。彌藥之城。飛天之城。迦陵頻伽之城。愛之城。」

天要黑了。拆。政。府。

一個防衛而非保衛人民的政府，何用?!

請為孩子上街。

〈清明禪修〉

見花是花，見蕉是蕉；

見花不是花，見蕉不是蕉；

見花仍是花，見蕉仍是蕉。

〈淑娜！淑娜！〉

狼：俗辣！出來面對！

小紅帽：和平。理性。

狼：（激動口齒不清）淑娜！粗來！你再不粗來，我要衝進去了！

小紅帽：現在只出不進。

狼：淑娜！你不配做中國人！淑娜！

小紅帽：我是台灣人。

狼：你是中國人「幹」出來的！淑娜！你是「幹」出來的！

小紅帽：台灣人不是中國人。

狼：淑娜！淑娜！中國不要你了！

小紅帽：我早就獨立了。

狼：（直接跳針）淑娜！淑娜！淑娜！淑娜！

所有的組織怪獸主義幽靈都將因我們的自立與熱情絕滅。
我愛你，請擁我入懷，這是開始。
革命將至。

我，康康，的台北。